十津川警部　あの日、東海道で

西村京太郎

集英社文庫

目次

十津川警部　あの日、東海道で

第一章　左富士

1

日下刑事の大学時代の楽しみの一つは、旅行だった。その時、もっぱら、利用したのは、「青春18きっぷ」である。

日下は、今でも、日本の鉄道の最高の発明品は、新幹線ではなくて、「青春18きっぷ」だと思っている。

大学を卒業して警察に入り、今二十八歳。捜査一課の刑事になった今も、日下は列車に乗ると、必ず窓際に座り、窓の外を眺めることにしている。

大学の最後の春休み、日下は、約一週間の旅行に出かけることにした。もちろん、その時も、アルバイトして稼いだ金で、「青春18きっぷ」を購入した。

ＪＲ全線の普通列車に、一日乗り放題、それが五日分セットになっていて、一万一千五百円である。

「青春18きっぷ」では、新幹線や特急、急行には乗れないが、その頃は、むしろ、新幹線や特急で旅行したいとは、思わなかった。旅の基本は、各駅停車の、鈍行列車に乗ることだと考えていたからである。

就職して、サラリーマンになってしまえば、収入は安定して、毎月一定の金額が得られるだろうが、自由に使える時間は、当然少ない。

それに比べて、学生時代は貧乏だが、時間だけは有り余っている。その時間の贅沢さは、学生時代の特権のようなものである。

日下は、三月十日、東京駅から普通列車を乗り継いで、まず京都に、行くことにした。

幸い、朝から、快晴である。

若い時の日下は、いや、今でも若いのだが、東京駅から、西に行く旅行が好きだった。たぶん、その頃、歌川広重の版画「東海道五十三次」に、魅せられていたからだろう。

この日も、東京駅の十番線ホームから、まず熱海行きの、東海道本線普通列車に乗った。

ゆっくりと、東京駅のホームを離れ、都会の騒音のなかを走り抜け、気がつくと、窓の外には田園が広がり、海が見えてくる。そういう景色の移り変わりを見ていると、旅に出たという実感が湧いてくるのだ。

熱海で乗り換え、丹那トンネルを抜ける。列車は、すでに神奈川県から静岡県に入っている。今日は快晴なので、まもなく右手に、雄大な富士山が、見えてくるはずだった。

日下の乗った普通列車は、定刻通り、吉原駅に着いた。

ところが、予定の出発時刻になっても、ホームに止まったまま、一向に、列車が出発する気配がない。

（急ぐ旅でもないし、少しばかり遅れても構わない）

と、日下は、思っていた。

何しろ、一週間の日程でゆったりと組んだ、普通列車を使った旅行の始まりである。五、六分遅れたとしても、何も慌てることはない。

しかし、その五、六分を過ぎても、日下の乗った普通列車は、出発しようとはしなかった。

そのうちに、車内放送があった。次の富士駅の構内で、人身事故があったと、車掌がアナウンスした。人身事故というから、もしかすると、誰かがホームから列車に向かって飛び込み、自殺を図ったのかもしれない。

そうなると、最低でも三十分ぐらい、ヘタをすると、一時間以上の遅れは、覚悟しなければならないだろう。

そんなことを考えているうちに、日下は急に、今、列車が止まっている、この吉原という駅で、列車を降りてみようと思い立った。幸い、ドアは、開いたままになっている。大学の四年間、日下は何度か、東海道本線を利用して、京都、大阪、さらに、九州まで行ったことがある。

しかし、吉原で降りたのは、この日が初めてだった。

列車から降りると、駅構内の観光案内所で、観光案内のパンフレットをもらった。それには、日下の好きな広重の「東海道五拾三次之内　吉原」の絵が、載っていた。

日下は、駅のそばに、「モーニングサービス中」の看板を掲げた小さな喫茶店を見つけて、入っていった。店内の壁にも広重の「吉原宿」が、飾られてある。

店の中には、若い女性の客が、一人いるだけだった。

カウンターの中には、中年の夫婦らしき二人が働いていた。どうやら、夫婦で、この店をやっているらしい。

日下は、モーニングサービスを注文してから、今、案内所でもらってきた、観光パンフレットを広げてみた。

今まで、日下は、吉原はいつも通過駅で、どんな町か知らなかったが、パンフレットを見てみると、近くには、万葉集（まんようしゅう）で有名な田子（たご）の浦（うら）があった。もう一つ、日下が、興味を持ったのは、左富士神社という奇妙な名前の神社が、パンフレットに載っていたことだった。また広重の絵にも、「吉原」の横に、小さく「左富士」と刷られている。江戸時代から、吉原宿は、「左富士」で有名だったらしい。パンフレットには、こう説明されている。

「昔、江戸を出発して、東海道を吉原まで来ると、それまで、右側に見えていた富士山が、一時、左側に、見えるようになる。

これは、昔の東海道が、この吉原近くの依田橋（よだばし）で、急に北東に折れ曲がるので、松並木の間から、左に富士が見えるようになるためだった。

長い東海道の旅行のなかでも、富士山が、左側に見える場所は少ないので、昔から『左富士』と呼ばれて、名所の一つになっていた。

しかし、最近は、東海道本線も吉原で北東に曲がることはないので、富士山が左側に見えることはない」

日下が、パンフレットを読んでいるうちに、コーヒーとトースト、目玉焼きが、運ばれてきた。窓際の席に座っていたので、日下は、窓を少しだけ開けてみた。

富士山が、やたらに間近に見えたが、もちろん、この喫茶店から見える富士山も、左富士ではなくて、右に見える富士である。

その時、

「岳南鉄道に、乗りたいんですけど」

という若い女性の声が、聞こえた。

店には、日下のほかに若い女の客がいたが、その若い女が、カウンター越しに、店の主人に聞いているのだった。

そのあと、彼女は店を出て行った。

日下は、カウンターの前に席を移してから、

「岳南鉄道という言葉が、聞こえたんですけど、この辺りから出ている鉄道ですか？」

と、マスターに聞いてみた。鉄道好きの日下も、初めて聞く名前だった。

「そうですよ。この店の近くに、岳南鉄道の吉原駅があります。そこが始発駅です」

「僕は、今初めて、その名前を聞いたんですが」

日下が、正直に、いうと、

「そうですか。地元の人間は、よく岳南鉄道を利用するので、誰でも、知っていますけどね」

少し残念そうな顔で、マスターが、いう。

「岳南という名前からすると、富士山の南側を、走っている鉄道ですか？」

「まあ、そうですね。富士山を車窓から写真に撮るには、いちばんいい鉄道ではないかと、僕なんかは思っているんです。鉄道写真を撮っているプロの人たちは、よく乗って

いるみたいですよ」

「今、店を出ていった女性は、岳南鉄道について聞いていたようですが、乗るつもりなんですかね？」

「そうじゃないですか。岳南鉄道の吉原本町（ほんちょう）という駅がありますかと、聞いていましたからね」

マスターの妻らしき女性が、その岳南鉄道の路線図を、日下に見せてくれた。

なるほど、始発の吉原駅は、東海道本線の吉原駅と隣接している。そこから最初、富士山に向かって、まっすぐ、北に向かって走り、途中から、緩く東に向かい、全体としては、馬蹄（ばてい）形で、路線が、続いていた。

しかし、始発の吉原から、終点の岳南江尾まで、全長九・二キロという、小さな鉄道である。

「終点のガクナンエビまで行ったとしても、大した距離ではありませんね」

日下が、いうと、マスターは笑いながら、

「終点はガクナンエビではなくて、ガクナンエノオと読みます」

と、訂正してくれた。

「沿線に、何か名所のようなところはありますか？」

「そうですね。やはり、車窓からの富士山が、いちばんの名物じゃありませんか。地元の人にとって、岳南鉄道というのは、沿線に大きな自動車工場があったり、製紙工場があったりして、そうした工場への通勤に使う、いわば、生活のための列車なんですよ」

「何だか、一度、乗ってみたい気がしてきましたけど、実は、歌川広重の絵にある左富士を見に行こうと思っているんです。観光案内を見たら、左富士神社という、珍しい名前の神社があるようなので、その神社も、見に行ってみようかなと思っているんですが、その神社は、この近くですか？」

日下が、聞くと、今度は、奥さんのほうが、

「それなら、昔の旧街道を行けば、左富士神社がありますよ。その先をさらに進めば、岳南鉄道の吉原本町か、本吉原のそばまで行きますから、そこから、岳南鉄道に乗って、吉原に戻っていらっしゃればいい」

と、教えてくれた。

喫茶店のマスター夫妻に礼をいうと、日下は、いったん吉原駅に戻ってみた。

駅員に聞くと、先ほどの人身事故の影響があって、東海道本線は、まだ、動いていないという。

こんな時に、「青春18きっぷ」は、便利である。乗車する列車の指定はないから、普通列車なら、どの列車でも、動き出したら乗ればいいのだ。

そう考えて、日下は、旧街道を北に向かって歩いてみることにした。

相変わらず、雲一つない晴天で、歩きながら、富士山が見られるのは嬉(うれ)しかった。

やがて、旧街道の通りに面して、左富士神社が、見えてきた。鳥居にかかった額には、間違いなく「左富士神社」と書かれてあった。

日下は、いつものように寺社でおみくじを引き、それから社務所に行って、左富士神社の縁起を書いたパンフレットをもらった。

おみくじのほうは、小吉だった。旅行のところを見ると、

〈思わぬ事故に、遭うことあり。気をつけるべし〉

と、あった。

次に、左富士神社縁起を読んだ。妙なことに、いつ造られたのかは、不詳と書いてある。ということは、この近くの人たちが、左富士が珍しいので、いつの間にか造り上げた神社ということだろうか？

もちろん、この辺りから、今まで右手に見えていた富士山が、いつの間にか、左手に見えるようになる。それで、左富士神社というのだろう。

左富士神社の境内は、通称、悪王子(あくおうじ)の森と呼ばれているとも書かれている。悪王子の森という言葉に、日下は、思わず苦笑してしまった。

この神社の鳥居をくぐる時、左に「シンナーは、心を惑わす悪魔の手」という立札があったのを、見ていたからである。

どうやら、この辺りは、悪魔に縁があるらしい。

左富士神社の近くの海は、今は、駿河湾に面した風光明媚な海岸だが、神社が出しているパンフレットによると、延宝八年（一六八〇年）、この地方を大津波が襲い、神社の境内、悪王子の森に避難した人たちだけが、助かったとある。

境内には、その大津波の碑が建っていた。ほかに、小さな神社もある。安産の神様である。

安産の神様が祀られていたり、この神社の神域で、大津波から助かった人たちがいたというのに、いつ、この神社が建てられたのか、分からないというのは、どこか、のどかで、日下には面白かった。

日下は、参詣をすませてから、旧街道を、また歩き始めた。

しばらく歩いていくと、岳南商店街にぶつかった。

その先に、岳南鉄道の吉原本町駅があった。あの喫茶店にいた若い女性が、店のマスターに聞いていた駅の、名前である。

観光案内のパンフレットによれば、この駅前の商店街は、歌川広重が描いている、昔の吉原宿だという。

駅は小さいが、洒落た造りの駅舎である。岳南鉄道のような地方鉄道には、無人駅のところが多いのだが、この吉原本町駅には、委託の駅員が一人いた。岳南鉄道は、富士急行の系列である。

吉原駅までの切符を買って、日下は、ホームに入っていった。線路は単線である。

喫茶店のマスターは、この岳南鉄道は、路線の途中に自動車工場や製紙工場があるので、そこに、勤務する社員たちが、通勤に使っているといっていたが、この時間は、そのラッシュアワーから外れている。駅にはほとんど人が見当たらず、ホームにいたのは、日下のほかには、カメラを持った二十代後半のジャンパー姿の男が、一人だけだった。

その若い男と目が合ったので、日下が、

「鉄道ファンの方ですか？」

と、声をかけた。

男が持っていたカメラは、小さなデジカメではなくて、レンズ交換式の一眼レフカメラだったし、肩から、大きなバッグを提げていたからである。

男は、日下に軽く会釈を返してから、

「この岳南鉄道では、東京の京王線で使われていた三〇〇〇系とか、五〇〇〇系の車両を購入して、改造して使っているんですよ。僕は東京の人間ですけど、もう、京王線では使われなくなったような名車が、ここでは、今でも現役で走っている。それが嬉しくて、その電車を撮りにきたんです」

若い男は、いかにも、鉄道ファンらしいことを語り、その改造車は、ここでは赤がえるとか、新赤がえると呼ばれていると教えてくれた。

そのほか、愛称を公募した時に決まった名前で、「がくちゃん」、あるいは、「かぐや富士」とも呼ばれていると、教えてくれた。

「かぐや富士というのは、この沿線に、かぐや姫伝説があるので、それに因んでつけたらしいのです」

男が、いった。

やがて、問題の電車、京王線の三〇〇〇系を改造して、七〇〇〇系となった、この岳南鉄道の主力車両、通称、新赤がえるが、入ってきた。

オレンジ色の車体に、大きな窓が二つあるので、確かに、見た目は、赤がえるの感じである。

若い男は、ホームに入ってくる電車をカメラに収めてから、発車寸前に、車内に駆け込んだ。

電車が動き出すと、今度は窓から、富士山を撮り始めた。

何枚か撮り終わるのを待って、日下は男に、

「鉄道ファンというのも、なかなか、大変ですね」

と、いうと、男は笑って、

「確かに大変ですが、それ以上に、楽しいですよ」

「あなたは、プロの、鉄道カメラマンの方ですか？」

「いいえ、プロなんかじゃありません。本職は、ごくごく、平凡なサラリーマンですよ。有給休暇が残っているので、今日みたいに暇な時は休みを取って、全国の鉄道を写真に撮っているんです。それで、今日は、前々からの念願だった岳南鉄道を撮りに来たんです」

「これからどうするんですか？」

と、日下が、聞くと、

「そうですね。せっかく、静岡まで来たので、金谷から出ている大井川鐵道に乗ってみようかと思っているんです」

と、いう。

大井川鐵道については、日下も、いろいろと知っていた。私営の鉄道だが、何両かSLを保有していて、それを、実際に動かしていることで、鉄道マニアはもちろん、一般の旅行客にも、有名な鉄道である。

「それじゃあ、今度は、ＳＬを撮りに行かれるのですか？」

「そうですね。あそこの大井川鐵道は、ＳＬもいいですが、客車のほうも、古いものを使っていますから、それも、写真に撮ろうと思っています」

「それにしても、もう、東海道本線は、復旧したかな」

日下が、ポツリとつぶやくと、若い男は、

「何か、あったんですか？」

「富士駅で、人身事故があったみたいなんですよ。僕は、京都まで行くつもりだったんですが、しばらく、下りの列車は動かないというので、初めて吉原で降りて、少し、歩いてみたんです」

と、日下は、いった。

吉原駅に着くと、東海道本線は、すでに復旧していた。

日下は、「青春18きっぷ」を使い、若い男は、金谷までの切符を買って、ここでも一緒に、同じ下り列車に乗ることになった。

「実は、朝早くから、岳南鉄道の写真を撮っていたんで、東海道本線の富士駅で、人身事故があったことは、まったく、知りませんでしたね」

男は、少しばかり、いい訳がましく、いった。

おそらく、鉄道ファンなのに、気がつかなかったということが、悔しかったのかもしれない。

金谷に着くと、男は、カメラバッグを抱えて降りていった。

2

鉄道ファンの若い男と別れたあと、日下は、京都まで行くつもりだったが、急に、ウナギが食べたくなって、浜松で降りてしまった。

こんなところが、「青春18きっぷ」は、五日間乗り放題だから、気楽である。

ひとまず、駅を出て、すぐのところにあった食堂で、かば焼き定食を食べ、その後、駅のインフォメーション・センターで、浜名湖の近くで、なるべく安い、旅館かホテルを紹介してほしいと頼んだ。

駅前からバスに乗り、教えられたところで降り、そこから、湖畔を五、六分歩いたところに、紹介された民宿があった。

その民宿に入ったのは、午後七時過ぎである。すでに、周囲は暗くなっていて、湖面も見えない。

夕食は、すでにすませてきたと話すと、二階の部屋に案内された。

ウィークデイだったが、ほかの部屋にも、たくさんの客がいた。早朝の浜名湖の釣りを、楽しみに来たグループのようだった。

日下は、この民宿の娘が置いていった茶菓子を食べながら、テレビのスイッチを入れてみた。

九時のニュースの時間になった。何気なく見ていた日下の目が、あるニュースのところで、急に止まった。

「大井川鐵道の無人駅で、人身事故」

と、画面に、大きなテロップの文字が並んだ時には、

（また人身事故か）

と、思っただけだったが、その人身事故で亡くなった男の写真が出て、日下は、ビックリした。

岳南鉄道の吉原本町の駅で会った、鉄道ファンの男の写真だったからである。

その男の名前は、小柴健介（こしばけんすけ）、二十九歳。紛れもなく、あの男だった。

今日の午後一時過ぎ、大井川鐵道の無人駅「大和田（おわだ）」のホームで、入ってくるＳＬ列車を写真に撮っていて、誤って、ホームから転落、そのまま列車にはねられて亡くなったというのである。

小柴健介は、持っていた運転免許証から、名前と、東京都足立区（あだち）千住（せんじゅ）のマンションに住んでいることが分かったらしい。独身と、テロップが出た。

大井川鐵道のほうは、小柴健介さんが鉄道ファンで、ホームに入ってくるＳＬ列車を、夢中になって写真に撮っているうちに、誤って、ホームから転落したと見ているらしい。

日下は驚いたが、だからといって、それ以上、何かをするということでもない。所詮は、今日初めて、それも、短時間会っただけの、何の関係もない赤の他人である。

翌朝、一階の食堂で朝食をすませると、日下は浜松駅に戻り、下りの普通列車に、乗ることにした。

ただ、昨日のことがあるので、駅で朝刊を買って、列車に乗り込んでから、読むことにした。

社会面には、やはり大きく載っていた。

「鉄道ファンもビックリ。静岡県内の鉄道で、一日に、二件の人身事故」

それが、見出しの文字だった。

日下は、小柴健介が、大井川鐵道で人身事故に遭ったことばかり、考えていたのだが、昨日は、東海道本線の富士駅でも人身事故があり、そのせいで、日下は、手前の吉原駅で降りて岳南鉄道に乗り、小柴健介と出会ったのである。

富士駅の人身事故で死んだのは、同じように、鉄道ファンの男らしい。東京の世田谷(せたがや)に住んでいる人間で、名前は、原口圭一郎(はらぐちけいいちろう)。二十八歳となっていた。

小柴健介のほうは、ホームに入ってくるＳＬ列車を撮ることに夢中になって、ホームから転落し列車にはねられて死んだということらしいが、富士駅のほうは、少し事情が違っていた。

原口圭一郎のほうは、事件性がありそうだというので、地元の警察が調べていると、新聞には、書いてあった。

（事件の可能性もあるので警察が調べているというと、ホームから突き落とされたということか？）

と、日下は思ったが、この、原口圭一郎という二十八歳の男も、もちろん、日下の知らない男である。

3

今日は、「青春18きっぷ」を使わず、普通に乗車券を買い、途中下車もせず、列車を乗り継いで、京都に着いた。京都には、高校時代、また大学一年生の時にも来ているから、三度目である。

相変わらず、ホームには、どこからやって来たのか、修学旅行の団体がいくつか、固まっていた。

ここでも、駅のインフォメーション・センターで、安い、和風の旅館を紹介してもらい、そこに行って、まず宿泊手続きをすませたあと、バスを乗り継いで、京都の町をまわり、鞍馬まで行ってみた。

京都の名所旧跡は、バスでまわれないところがない。それが、大学生の日下には、一番のありがたさだった。

次に鞍馬から、大原行きのバスに乗った時、

（おや？）

という気になった。

乗客のなかに、見覚えのある顔があったからである。

といっても、その男の名前も知らないし、今日初めて、別のバスで一緒だった三十前後の男の顔だった。

京都の駅前から、嵐山に行くために、バスに乗った時である。そのバスの中にいた男が、今、同じバスに、乗っているのだ。

身長は百七十センチくらいだろう。平凡な顔立ちで、薄手のジャンパーを着、ジーンズにスニーカー、そして、登山帽のような帽子を、かぶっている。

どこにでも、いくらでもいそうなタイプの男なのだが、日下は、京都駅前から乗った、あのバスの中で見た男に間違いないと思った。

しかし、だからといって、それを気にするのは、かえっておかしいかもしれない。こ

の男も、日下と同じように、京都の観光に来たのなら、京都の名所旧跡を巡るバスの中で二度会ったからといって、おかしいと思うほうが、間違っているかもしれないからである。

それでも、日下は、何となく、気になった。

その男は、日下と終点の大原まで一緒だったが、そのうちに、姿が消えてしまった。

やはり、気にしすぎだったのだろう。

ところが、日下が一日の観光を終えて、鴨川沿いの旅館に戻ると、下の広間で、あの男が京都のお菓子を食べながら、お茶を飲んでいた。

これで三度目である。

さすがに、気になったし、少しばかり気味悪くなったが、日下が男をじっと見つめていても、相手は、日下に声をかけてくることもなく、知らん顔をして、ゆっくりと、お茶を飲んでいる。

夕食は、その広間で取ることになっていたのだが、午後七時に、日下がそこに行っても、男の姿は、見当たらなかった。

翌朝、少し寝坊して、八時に朝食を取るために広間に降りていくと、この時もあの男の姿は、なかった。

どうしても、気になるので、日下は帳場に行き、宿の女将さんに、男のことを聞いてみた。

男の人相を話して聞いてみると、女将さんは笑って、

「お友だちですか？」

「ええ、そうなんですが」

と、いうと、

「そのお友だちでしたら、早々と、朝食をすませて、もう出発なさいましたよ」

日下は、そういわれると、かえって、男のことが気になって、

「顔を見て、確か、高校時代の先輩の鈴木さんだと思ったんですが、違ったかな。もし、構わなければ、宿帳を見せてもらえませんか？」

と、いった。

女将さんは、少しためらっているようだったが、日下が、高校時代の先輩といったのを信じたのか、宿帳を見せてくれた。

女将さんは、

「鈴木さんじゃありませんよ。小原さんですよ」

と、いいながら、そこに書かれた名前を指さした。

なるほど、そこにあったのは、小原洋之という名前と、東京都豊島区のマンションの住所だった。

「そうですか、てっきり、先輩の鈴木さんだと思ったんですけどね。こっちから声をかけても知らん顔なので、変だと思っていたんですが、やはり鈴木さんじゃありませんでしたね。他人の空似でした」

と、笑いながら、日下は、小原洋之という名前と、東京都豊島区のマンションの名前を、頭に入れていた。

4

このあと、日下は、「青春18きっぷ」を使い、九州まで足を延ばすことにして、京都駅から列車に乗った。

旅館を出て、バスで京都駅まで行く間も、また、京都駅から西に向かう普通列車に乗り込む時も、何となく気になって、周囲を見まわしていたのだが、あの男の姿は、どこにも見られなかった。

列車の中では、京都駅で買った新聞を広げてみた。人身事故のその後を、知りたかったからである。

大井川鐵道の人身事故についての記事は、見当たらなかった。

どうやら、小柴健介は、ホームに入ってくるＳＬ列車の撮影に夢中になっていて、ホームから転落、列車にはねられて死亡したと、決まったらしい。

一方、東海道本線の、富士駅の人身事故で死んだ原口圭一郎については、今日の新聞にも、載っていた。

記事によれば、その時、富士駅のホームには、かなりの乗客がいたらしい。そこに下りの列車が入ってきて、原口圭一郎という男がホームから落ちて、列車に轢かれてしまったのだが、警察が、事件性もあると見ているのは、人々の間に、アッという声を聞いたという人間が、いたためらしい。

地元の警察の談話として、

「自殺する人間は、普通、黙って、飛び込みますよ。アッという声を出したのは、人に押されたのか、あるいは、ホームに立っていて、足を踏み外してしまったのか、どちらかですが、それぞれの可能性は半々で、押されて落ちた可能性も、否定できないので調べています」

という内容のコメントが、新聞には載っていた。

5

途中、姫路で、姫路城を見学、その後、今日の泊まりは広島ということにして、日下は、夕方、広島駅で降りた。

夕焼けに染まる原爆ドームを見たり、広島名物のお好み焼きを食べたあと、日下は、ここでも、料金の安い手頃な民宿を教えてもらって、そこに泊まることにした。

この民宿では、テレビを見ながら、夕食が取れることになっていた。六時半に食堂に入って、夕食を食べているうちに、七時のニュースが始まった。

ニュース番組は、普段はあまり興味がないのだが、この時は違っていた。富士駅の、人身事故のその後が、知りたかったのである。それに、大井川鐵道の人身事故も、である。

大井川鐵道のほうは、完全に事故として片付けられたらしく、警察で調べているという話はなかった。

ただ、亡くなった小柴健介が持っていたカメラは、持ち主が、SL列車にはねられて死んでしまったのに、壊れず、撮った写真も無事だったと、アナウンサーがいった。

そして、最後の写真ということで、その駅に入ってくるSL列車を正面から撮った写真が、紹介された。

間違いなく、大井川鐵道のC11形と呼ばれるSLが、正面から写されていた。

おそらく、これを撮る瞬間、ホームから身を乗り出したので、はねられてしまったのだろう。

「われわれも、十分、気をつけたほうがいいですね」

という、鉄道ファンの談話も、紹介された。

富士駅のほうは、相変わらず地元の警察が、殺人と事故の両面で、調べているという。

「警視庁の応援も得て調べたところ、亡くなった原口圭一郎さん、二十八歳は、今年の秋に、結婚することになっていたそうです」

と、アナウンサーが、紹介している。

さすがに、その結婚相手の談話を取ることはできなかったらしく、亡くなった原口圭一郎の大学時代の友人という男が、マイクに向かって、しゃべった。

「今年の秋に結婚するので、本当に、楽しそうにしていたんです。それが、こんなことで亡くなってしまって、残念です」

これが、友人の談話だった。

日下は、四日目、九州に入り、金印で有名な福岡県の志賀島を見て歩いたりしたあと、熊本県の阿蘇の温泉旅館に、宿泊した。

その時も、夜のニュースを見たのだが、富士駅の人身事故のほうも、放送されなかった。地元警察の捜査も、行き詰まってしまったのか、あるいは、九州のテレビだから、静岡のニュースは放送しなかったのか、日下には分からなかった。

日下は、五日目、六日目と、九州から山陰をまわり、六日間の旅行を楽しんで、東京の自宅マンションに、帰った。

マンションといっても、1Kの狭い部屋である。

管理人に、頼まれていた明太子（めんたいこ）を持っていくと、六十代の管理人は、なぜか、ニコニコ笑いながら、

「おめでとうございます。卒業と同時に、結婚ですか？」

と、いう。

日下は、訳が分からず、

「おめでとうって、いったい何のことですか？」

「結婚ですよ、結婚。日下さん、大学を卒業して、就職をしたら、すぐに、結婚されるんでしょう？」

と、管理人は、いう。

「そんな予定は、全然、ありませんよ。僕は、三十歳になるまでは、結婚しないつもりですから」

日下が、いうと、今度は、管理人が首をかしげて、

「おかしいな」

と、いう。

「どこが、おかしいんですか？」

日下が、聞くと、

「さき一昨日でしたかね、興信所の人が訪ねてきて、日下さんのことを、いろいろと、聞いていったんですよ」

「本当に、興信所だったんですか？」

「ええ、興信所だと、いっていましたよ。日下さんのことを、いろいろと聞くので、こっちも気を利かして、おめでたですかと聞いたところ、その、興信所の人が、こういったんですよ。日下さんは、大学を卒業すると同時に結婚することになっていて、その相手の娘さんの両親から、日下さんの身辺について調査を頼まれた。日下さんが、どういう人柄か、健康の心配はないか、借金はないのかとか、そういうことを、調べてほしいといわれたというんですよ。ただ、興信所が調べに来たということは、日下さんには、くれぐれも、内密にしておいてくださいと、いわれたんですが、今、あなたの顔を見ていたら、急にしゃべってしまいたくなりましてね。それで、お話ししたんですよ」

管理人は、ニコニコしながら、日下に、いった。

「何という興信所だと、いっていました？」

「それは、いいませんでしたね」

「名刺は？」

と、聞くと、管理人は、

「そういえば、名刺も、くれませんでしたね。とにかく、向こうさんは、興信所だといったし、あなたのお相手の娘さんの両親に頼まれたというので、私は、これはてっきり、おめでただなと、思ったんですけどね。違うんですか？」

「僕には、現在つき合っている、特定の女性もいませんよ。だから、大学を卒業したら、すぐに結婚するなんてことは、絶対に、ありませんよ」

と、日下は、繰り返した。

弁明をしながら、日下の脳裏に浮かんだのは、京都で出会った男のことだった。

そこで日下は、管理人に、あの男の顔立ちを説明した。

「興信所から来たといった男ですがね、年齢は、三十歳ぐらいで、ひょっとすると、小原洋之という名前かもしれないのですが、小原と、名乗ってはいませんでしたか？」

と、聞くと、

「いや、そういう名前は聞いていませんよ。それに、私のところに来た人間は、三十歳ぐらいじゃありませんでしたよ。どう見ても五十代じゃなかったかな？　きちんと背広を着て、穏やかな物腰でしたから、まったく、怪しまなかったんですけど、結婚するという話は、違うんですか？」

と、管理人が、聞く。

「興信所の人間かどうかは分かりませんが、僕の結婚について調べているといったのは、間違いなく、嘘ですよ。今もいったように、僕にはそんな話はまだないし、今、つき合っている特定の女性もいないんですから」

「だとすると、あの男は、いったい、何を調べていったんですかね？」

やっと、管理人は笑いを消して、眉を寄せた。

「僕にも、まったく分かりませんよ。その男は、いったい、僕のどんなことを聞いていったんですか？」

「一時間ぐらいでしたかね、いろいろと聞かれましたよ。日下さんは、どんな趣味を持っているのかとか、どんな友人とつき合っているのかとか、最後に聞かれたのは、女好きかどうかとか、女性のことで、問題を起こしたことがあるかどうかとか、それを、繰り返し聞かれましたよ。それで、てっきり、日下さんとつき合っている娘さんの両親が心配して、興信所に身辺の調査を依頼したんだと、私は思い込んでしまったんですがね」

管理人が、頭をかいた。

「管理人さんを訪ねてきたのは、間違いなく、五十代の男でしたか？」

日下が、聞いた。

どうしても、京都で出会った男のことが、脳裏に残っていたからである。

「ええ、それは、間違いありませんよ。このマンションにも、五十代のご夫婦が、三組ほどいらっしゃいますからね。さき一昨日、興信所から来たといって、私を訪ねてきた男は、間違いなく、五十代です。三十代なんかでは、絶対にありません」

管理人は、これだけは、キッパリといった。

6

日下は、自分の部屋に入り、何となく、割り切れない気持ちでベッドに横になって、天井を見つめた。

管理人がいった五十代の男が、本当に、興信所の人間なのかどうかは、分からない。しかし、自分のことを調べていったのは、事実らしい。いったい、何のために、わざわざここまでやって来て、調べていったのだろうか？

日下は、今、大学四年生。間もなく卒業である。この四年間、もちろん、刑事事件を、起こしたこともない。

車の運転免許証は持っているが、車は持っていない。たまに、レンタカーを借りて運転したり、友人の車を借りて運転したことはあったが、車での事故も、一度も起こしたことはなかった。

大学の成績のほうは、中の上といったところである。確かに、品行方正とはいえないが、デタラメな大学生活を送ったということもない。いってみれば、平々凡々たる、大学生活である。

そんな学生のいったい何を、調べる必要があったのか?

両親は、まだ健在で、四国に住んでいる。その両親が、何か、問題を起こしたということも聞いたことはない。

両親のほうも、日下と同じで、父親は平凡なサラリーマンだし、母親は、どこにでもいるごく普通の主婦である。

いくら考えても、日下には何も分からないのだが、興信所の人間、あるいは、興信所を名乗って、自分のことを調べにきた人間がいたということは、日下の住所を知っていたことになる。

となると、京都で一日に三回も顔を合わせ、そして、京都の旅館の宿泊簿に、小原洋之と書いた三十歳前後の男のことが、いやでも、日下の頭に浮かんできてしまうのである。

小原洋之というのが、本名かどうかも、分からない。

(あの男は、京都の旅館で、宿泊者名簿を見たに違いない。そして、日下の名前を見ただろうし、住所も知ったに違いない)

と、日下は考えた。

こう考えれば、興信所を名乗る男が、突然、日下の住むこのマンションを調べに来ても、別に不思議はない。

小原洋之という男に会ったのは、今回が初めてである。以前に会ったという記憶はない。

と、考えていくと、今回の六日間の旅行があの男の出現と関係しているとしか思えない。

それも、京都までの旅行ということになってくる。

京都で、あの男を見たあと、姫路でも、広島でも、九州でも、一度も、出会っていなかったからである。

六日間、日下は、九州まで旅行をした。その途中の京都までで、日下が遭遇した事件といえば、同じ日に起きた、二つの人身事故である。

しかし、富士駅で起きた人身事故のほうは、直接、それを目撃したわけでもないし、その人身事故で死んだ原口圭一郎という名も、初めて聞く名前である。

旅行の途中、実際に日下が会ったのは、鉄道ファンだという小柴健介という、二十九歳の男である。

小柴健介に会ったのは、岳南鉄道の吉原本町という駅で、岳南鉄道の車内、その後、東海道本線で金谷まで一緒に行って、そこで、別れている。

小柴健介は、日下と別れたあと大井川鐵道に乗って、ＳＬ列車を撮影しに行った。その途中の大和田駅で、人身事故に遭っているのだが、もちろん、日下は、小柴健介が、事故に遭った現場を見ているわけでもないし、ＳＬ列車も見ていない。

二つの人身事故は、同じ日に起きているのだが、どちらにも、日下は関係がない。

小柴健介も、あの日、初めて出会った男である。

どちらも、日下と同じ東京の人間らしいが、年齢も違うし、たぶん、卒業した学校も、違うだろう。

管理人は、さき一昨日、興信所の者だと名乗る男が、日下のことを、調べにやって来たといった。さき一昨日というと、日下が、広島に泊まった日である。

「どうも分からないな」

日下は、独り言をいい、首をひねったが、そこで考えは止まってしまい、いつの間にか、眠り込んでしまった。

7

その後も、日下は、三月十日に起きた二つの人身事故について、何となく、気になっていた。

大井川鐵道の人身事故のほうは、すぐに、報道されなくなってしまったし、また、三日間、テレビで盛んに報道していた、東海道本線の富士駅で起きた人身事故についても、日下が東京に帰ってきてからは、新聞やテレビが取り扱うことが、なくなってしまった。

ただ、少し遅れて、週刊誌が、この二つの人身事故を扱った。その扱い方は、いかにも週刊誌らしく、少しばかり、毒を含んだものだった。

見出しも、

「鉄道ファンはご注意を！」

と、いったもので、東海道本線富士駅の人身事故よりも、大井川鐵道の人身事故で死んだ小柴健介という、鉄道ファンのことを大きく扱っていた。

その週刊誌は、

「最近は、自分の好きなＳＬ列車を、いい角度から撮影しようとして、ポジションを争う鉄道ファンが多い」

と書き、さらに続けて、

「畑の中に、カメラの三脚を構えて、作物を荒らしても平気な、悪質な鉄道ファンも少なくない」

と、書いていた。

また、ほかの週刊誌は、

「小柴健介さんは、悪質な鉄道ファンではないかもしれないが、ホームから身を乗り出して、入ってくるＳＬ列車を撮ろうとするのは、危険極まりない行為である。鉄道ファンのマナーとしても、よくないのではないか？」

そんな批判をしていた。

だが、それ以上取り上げられることはなかった。

日下自身も日にちが経つにつれて、二つの人身事故のことを、次第に忘れていったが、ある日、ジャンパーのポケットの中を調べていると、左富士神社で引いたおみくじが出てきた。

いつもの旅行だと、立ち寄った神社などで手に入れたおみくじは、帰宅早々、時々眺めては、楽しんでいるのだが、今回は、人身事故のほうに気を取られて、おみくじを引いたことを、すっかり、忘れてしまっていたのである。

改めて、おみくじに目を通した。

小吉である。

〈思わぬ事故に、遭うことあり。気をつけるべし〉

と、ある。

このおみくじの旅の部分は、的中したといっていいのだろうか？

それとも、日下自身が人身事故に遭ったわけではないから、外れたというべきなのだろうか？

そんなことを考えながら、日下は、しばらく、おみくじの言葉を見つめていた。

しかし、日下にできることは、それだけだった。

二つの人身事故に、引っかかるものを感じたとしても、刑事でもない、ただの大学生では、捜査するわけにもいかなかった。

その後、日下は、念願通りに警察に入り、現在、警視庁捜査一課の現職刑事だが、大学四年の時の記憶は、いつの間にか、忘れてしまった。

忘却の彼方（かなた）に置き忘れてしまっていた人身事故の記憶が蘇（よみがえ）ったのは、日下刑事が二十八歳になった今年の四月七日頃のことだった。

それも、地方紙に載った小さな記事からだった。

第二章　歌川広重の吉原宿

1

正確には、二日後の四月九日、日下が住むマンションに、吉原新報という地方紙が、届けられたことによってだった。

宛名は、日下の名前になっているが、差出人の名前はない。封筒の中には、手紙らしいものはなく、吉原新報の四月八日付が、折り畳まれて入っていた。

最初、地方新聞が、なぜ、自分宛に送られてきたのか、意味が分からず、日下は、戸惑った。

五年前の学生の時、「青春18きっぷ」を使って、東京から九州まで行ったこと、また、途中、吉原で降りたことなど、日下は、すっかり忘れていたからである。

当惑しながらも、日下は、吉原新報を広げてみた。

社会面のところに、付箋がついている。差出人は、そこを見ろと、指示しているらしい。

社会面の下のほうに、「喫茶店のオーナーがスポーツカーにはねられて死亡」と、あった。その小さな見出しのところには、赤い傍線が引いてあった。

日下は、まだ、当惑が続いている。そのままの気持ちで、記事を読んだ。

〈四月七日午後二時半頃、喫茶店「赤富士」のオーナー、神木倫太郎さん、六十歳が、銀行で用事をすませて、自転車で吉原駅近くの自分の店に戻ろうとしていた時、浜松方面から走ってきたスポーツカーにはねられて、死亡した。

スポーツカーは、そのまま東京方面に逃走した。この事故を目撃した人は、神木さんをはねた車は、シルバーメタリックの国産のスポーツカーで、東京ナンバーのように見えたと証言している。

はねられた神木倫太郎さんは、すぐに救急車で病院に運ばれたが、病院についた時には、すでに死亡していた。

妻の神木恭子さん、五十二歳によれば、神木さんは、この日、取引銀行にコーヒー豆などの仕入れに必要な現金を下ろしに行き、自転車で自宅に戻る途中に、車にはねられたものと思われる〉

これだけの記事である。それでも、日下は、読んでいるうちに、五年前のことを思い出していた。確か、あの時、吉原駅で降りたのである。

そして、駅近くの喫茶店に寄って、オーナーと話をした。あの店の名前が「赤富士」だったのを、新聞記事を読んでいるうちに、思い出した。

あれは、五年前の三月十日だった。

大学生だった日下は、「青春18きっぷ」を使って、東京駅から、東海道本線の普通列車に乗ったのだが、吉原で列車が停車してしまい、車内放送で、次の富士駅で人身事故があったと、知らされた。

これでは、すぐには、列車は動かないだろうと思い、生まれて初めて、吉原駅で降りたのである。

日下は、吉原のどこを見ていいか分からず、駅のそばにあった、喫茶店「赤富士」に入り、コーヒーを飲みながら、オーナーに、岳南鉄道や、この辺りの観光地について、聞いてみた。それを今、思い出している。

店の中にも、歌川広重の東海道五十三次の版画が飾ってあり、それに、「左富士」という字があった。

店で読んだ観光パンフレットによれば、当時の東海道は、江戸から向かう吉原宿の手前で、急に、北東に向かう道になっていて、吉原宿へ着くまでの間だけ、富士山が、左側に見えるという。旧街道にある、左富士神社への行き方をオーナーに教えてもらった。それを聞いて、日下は旧街道を歩き、左富士神社という、奇妙な名前の神社に行ったのだった。

もう一つ、思い出したのは、この日、三月十日に、静岡県下の鉄道で、二件の人身事故があったという、テレビニュースのことだった。あの日、東海道本線富士駅と、ＳＬで有名な、大井川鐵道大和田駅の二つで、人身事故があった。

この二つの人身事故を、日下は直接、目撃したわけではない。そのせいで、自然に忘れてしまっていたのだが、何者かが、吉原新報という地方新聞を送ってきたため、その記事を見ているうちに、日下は、否応(いやおう)なしに、そのことも思い出していたのである。

2

今、日下は、五年前の三月十日、東海道本線の吉原駅で普通列車を降りたこと、駅近くの喫茶店に寄って、オーナーやその奥さんと、話をしたことを思い出した。

（あの喫茶店のオーナーの名前が、神木倫太郎さんか。それに、奥さんの名前は恭子さんというのか）

新聞には、この夫婦の年齢も書いてあったが、そのことによって、日下は、別に衝撃は受けなかった。

ただ、喫茶店のオーナーが話好きで、親切だったのも思い出した。

(あのオーナーが、交通事故に遭って死んだのか)

日下が戸惑ったのは、事故を報道する吉原新報を、誰が、何の目的があって日下に、わざわざ、送りつけてきたのかだった。

送り主が、いったい何者なのか、日下の知っている人間なのか、まったく見当がつかない。

わざわざ、吉原新報を送ってきて、そのうえ、喫茶店のオーナーが車にはねられて死んだことを知らせる記事のところに、付箋を貼り、赤線まで引いているのだから、それを日下に読ませたいのだということは、はっきりしている。

ただ、それ以上のことは、まったく見当がつかない。

喫茶店のオーナー、神木夫婦は、日下に対して親切だったが、だからといって、五年前の一日だけ、たまたま、立ち寄った喫茶店のオーナーやその奥さんに、それほど、関心があるわけではない。

そのオーナーが車にはねられて、死亡したというが、日下に何かをしようという気持ちが、起きてきたわけでもない。

今、一日に、何人もの人が、交通事故で亡くなっているのではないだろうか？　それに、日下は、あの喫茶店のオーナー夫婦と別に親戚でもないし、友だちでも、先輩でもない。

（この地方紙を送ってきた人間は、五年前の三月十日に、たまたま店に立ち寄っただけの喫茶店のオーナーが、交通事故で亡くなったという記事を見て、俺がショックを受けるか、泣くとでも、思ったのだろうか？）

ただ、新聞の送り主は、日下が五年前、喫茶店「赤富士」でコーヒーを飲んだことや、オーナーと話をしたことを、おそらく、知っていたのだ。知っていたからこそ、吉原新報を送ってきたのだろう。

それにもう一つ、日下が、現在、警視庁捜査一課の刑事になっているのを知っていて、日下に、こんなことをしたのだろうか？

（だが）

と、日下は、首をひねってしまう。

あの喫茶店「赤富士」のオーナー、神木倫太郎が、車にはねられて死んだとなれば、この交通事故について調べ、逃走した車の運転手を捕まえるのは、静岡県警の交通課の担当である。現在、警視庁捜査一課に籍を置く日下が、関与する事件ではない。

それに、日下は交通課の人間ではなくて、殺人事件や、強盗事件などを調べる捜査一課の刑事である。

そうしたことを新聞の送り主は、知っているのだろうか？

その後、四月十日、十一日となっても、吉原新報の送り主からは、何の連絡もなかった。

新聞が入っていた大きな紙袋にあった消印は、なぜか、静岡県の吉原ではなくて、東京の中央郵便局のものだった。おそらく、新聞の送り主は、吉原ではなくて東京までやって来て、中央郵便局で投函したのだろう。

そして一週間後の四月十六日、世田谷区の駒沢公園の一隅で、中年の男がうつ伏せに倒れているのを、朝のウォーキングをしていた近くの老人が発見した。

倒れていた男は、背中の二カ所に、鋭利な刃物で刺されたと思われる傷があり、殺人事件と見て、警視庁捜査一課の十津川班が、現場に急行した。

殺されていたのは、持っていた運転免許証から、三原肇、四十歳と判明した。

住所は、世田谷区深沢×丁目×番地×号、駒沢公園から歩いて十五、六分のところに建つ、ニュー世田谷コーポ八〇八号室と分かった。

死体が、司法解剖のために近くの大学病院に運ばれたあと、十津川警部は刑事の亀井と二人、ニュー世田谷コーポの八〇八号室に向かった。

ニュー世田谷コーポは、八階建ての真新しいマンションで、被害者が住んでいるのは、最上階の八階の角にある、3LDKの部屋だった。

管理人の話によると、三原肇という被害者は、その広い部屋に、一人で住んでいるということだった。

一階は、ホテル形式のエントランスになっていて、管理人室のほかに、インフォメーション・センターがあり、十津川と亀井は、管理人に、問題の八〇八号室を開けてもらって、中に入った。

三十畳の広さのリビングルームには、何枚かの男女の歌手の写真が、パネルになってかけてあった。なかには、芸能人に疎い十津川でも、その顔と名前を知っている有名歌手のものもあった。

十津川が、

「三原さんは、どんな仕事をされているのですか？」

と質問すると、六十代と思われる小柄な管理人は、

「三原さんは、音楽関係の方で、三原音楽事務所という業界で中堅のプロダクションの社長さんですよ。それで、リビングには、三原音楽事務所に所属する歌手の写真が、パネルにして飾ってあるんです」

と、説明した。

「三原さんは、一人で住んでいるということですが、独身ですか？」

と、亀井が、聞いた。

「それがですね、元歌手の奥さんがいたんですけど、しばらく前から、奥さんの姿が見えないので、三原さんに、奥さんはどうされたのですかと、聞いてみたんですよ」

「そうしたら？」

「離婚したと、おっしゃっていました」

と、管理人が、答える。

奥さんの名前は、浩美といい、歌手時代は、一条美由紀という芸名だったと、管理人が教えてくれた。

十津川は、一条美由紀という名前を聞いても、どんな歌手だったか記憶がない。

クローゼットには、別れた浩美のものだと思われる、ドレスやスカート、ブランド物のハンドバッグなどが、まだそのままの状態で置かれてあった。管理人のいうとおり、別れたのは、ごく最近のことらしい。

「奥さんと別れた理由ですが、分かりますか？」

十津川が、管理人に聞いた。

「それが、三原さんが殺されたことと、関係があるんですか？」

と、逆に、管理人が、十津川に聞いてきた。

十津川は、苦笑して、

「いや、別に、そんなふうに考えているわけじゃありませんよ」

とだけ、いった。

十津川と亀井が、部屋の中を慎重に調べていると、テレビのニュースで知ったのか、三原音楽事務所の関係者が数人、駆けつけてきた。どの顔も、一様に青ざめている。

そのなかに、吉川香里(よしかわかおり)という三十五歳の女性秘書がいたので、十津川は、彼女から、殺された三原肇について話を聞くことにした。

3

十津川は、吉川香里を書斎に連れていった。

「殺された三原社長は、最近、奥さんと離婚をしたそうですが、そのことを、ご存じでしたか?」

「社長から、直接お聞きしてはいませんでしたけど、離婚なさったことは、噂(うわさ)で知っていました」

吉川香里が、慎重ない い方をした。

「離婚の理由は、ご存じですか?」

「いいえ、社長は、そういう、プライベートなことは話しませんので、私には分かりません」

「三原社長は、現在四十歳で、いわば男盛りですね。それに、背が高くて、なかなかの二枚目だし、派手な世界で仕事をしている人だから、女性関係もいろいろとあったんじゃありませんか？」

「ええ、確かに、おモテになったと、思います」

「仕事の面は、どうでしたか？　三原音楽事務所の経営状態は、どうだったのですか？順調でしたか？　それとも、何か問題がありましたか？　社長秘書のあなたなら、その辺のことは、よく、ご存じだと思うのですが」

「とても順調でした。ウチの事務所には、男女それぞれに、柱となる売れっ子の歌手がいましたし、新人歌手も、順調に育っていましたから」

と、香里が、いう。

十津川は、話題を変えて、

「最近、三原社長が、誰かから脅迫されているようなことは、ありませんでしたか？」

「いいえ。私が知る限りでは、そんなことは、ございませんでした」

十津川が、吉川香里から話を聞いている間に、三原音楽事務所から、中堅の三宅弘（みやけひろし）という男性歌手が駆けつけてきた。

この歌手のことは、十津川も知っていた。確か、三宅弘は五十代のはずである。

十津川は、吉川香里に礼をいって、今度は、三宅弘を書斎に呼び、話を聞くことにした。

三宅弘は、ひと昔前までは、テレビにもよく出ていて、ファンも多く、女性関係が、派手なことで知られていた。しかし、最近は、テレビであまり顔を見ないようになっている。

（三宅弘は、そんなことが不満になっているのではないか？　そうだとすれば、捜査の参考になる、際どい話が聞けるのではないか？）

「三宅さんからご覧になって、最近の三原音楽事務所の様子は、どうだったんでしょうかね？　三原社長自身、つい最近、離婚したといわれていますし、新人の歌手は何人か出てきていると聞いたのですが、あなたのような中堅の歌手を、テレビではあまり、お見かけしないような気がするんですが」

十津川がいうと、思ったとおり、三宅は急に膝を乗り出すようにして、

「最近、ウチの事務所は、少しばかり、おかしくなってきていましてね。活気がなくなっていたんですよ。社長も、そのことを、心配していたようですけどね」

「今日のように、三原社長が亡くなってしまうことを、三宅さんは、予想できましたか？」

「そうですね。予想できたといえば、いえるかもしれませんが、まさか社長が殺される

とは、思っていませんでした。何かあるのではないかとは、思っていました」

三宅が、したり顔で、いう。

「ということは、三宅さんが今、いったように、事務所のなかに、面白くない空気があったということですか？」

「正直にいえば、まあ、そんなところですよ」

「今回の殺人事件は、事務所内の対立が生んだ事件だと、思われますか？」

「ひょっとすると、そうかもしれません」

「三原社長には、ご兄弟は、いらっしゃらないのですか？」

「弟さんが一人、いらっしゃいますよ。名前は、三原進さんです。現在、会社の副社長をやっていらっしゃいますよ」

「兄弟の仲は、どうでした？」

「そうですねえ。どちらかといえば、あまりよくなかったんじゃありませんかね。社長の三原さんは、確かに、仕事ができる優秀な人ですが、少しばかり、我がままというか、ワンマンで、思い込んだら、誰の意見にも耳を貸さず、一人で突っ走ってしまうようなところがありましたから。弟で副社長の三原進さんは、そのことを心配していたんじゃないでしょうかね。もっぱら、お兄さんの三原社長に、ブレーキをかけていたようですから」

「例えば、今までに、どんなことがありましたか？」

「三原社長という人は、野心家というか、会社の仕事を音楽関係だけに限定せずに、映画を作ろうとか、していたんですよ。映画は、ヒットすればいいですが、コケれば、何億円という大きな借金ができてしまいますからね。副社長の三原進さんは、そうしたお兄さんの冒険を、一生懸命、止めようとしていたんじゃないですかね」

「兄弟の仲は、仕事の面でうまくいってなかった？」

「ええ、仕事の面でよくケンカをしていましたよ」

と、三宅が、いった。

その三原進も、ニュースを見て、駆けつけてきた。

年齢は、殺された三原社長よりも、五、六歳は若いだろう。確かに、地味な感じの男だった。

十津川は、その三原進にも、話を聞くことにした。

4

「テレビか、ラジオのニュースで、お聞きになったのですか？」

十津川が聞くと、三原進はうなずいて、

「自宅で、テレビのニュースを見ていて、ビックリして飛んできたんですよ。本当に、兄は、殺されたんですか？」

「近くの駒沢公園で、背中を刺されて亡くなっていました。大学病院で司法解剖をしていますが、おそらく、殺されたのは、昨日の夜でしょう。お兄さんが殺されたことについて、何か心当たりがありますか？」

十津川が、聞いた。

「具体的なことは分かりませんが、兄は、私と違って、仕事の面で冒険好きで、いつもハラハラするようなことを、平気でやっていました。もしかすると、それが、今度のことに、結びついたのかもしれません」

「ハラハラするようなことというと、例えば、映画製作のようなことですか？」

「前にも一度、三原音楽事務所で、映画を作ったことがあるんですよ。ウチの若手の女性歌手をヒロインにして、ファンタジックな作品を作りましてね。その映画がヒットして、まあまあの興行成績を上げることができたんです。兄は、それに気をよくして、次には、前作の二倍三倍の製作費をつぎ込んで、ミュージカル映画を作ろうと考えていたようなんです」

「あなたは、それには、反対だったんですね？」

「ええ、反対でした」

「確かに、兄の発想はいいんです。ウチには、男女の若手の歌手がたくさんいますからね。彼らを使って、日本版の、ミュージカル映画を作る。その発想はいいんですが、兄は自分で監督をするといっていたんです」

「お兄さんには、監督の才能がないと、思っていらっしゃるんですか？」

「いいえ、そうは、思っていませんが、兄に、映画監督としての才能があるかどうかは、誰にも、分からないんですよ。それなのに、大金をつぎ込んで、日本版『ウエスト・サイド・ストーリー』を作るというのは、どう考えても、無茶な話です。ウチの幹部社員も、この話には、全員が反対でした」

「お兄さんの、映画作りに反対だった幹部社員のなかに容疑者がいる。つまり、幹部社員の誰かが、お兄さんを殺したと、思われますか？」

「いや、それはないだろうと思いますが、私も社員も、みんなで心配していたことは本当です」

と、進は繰り返した。


「どうしてですか？」

5

十津川は、亀井と寝室に入ってみた。

広い寝室には、大きなベッドが二つ、並べて置いてあった。おそらく、片方のベッドには、別れた浩美が、今まで、ずっと寝ていたのだろう。

寝室には、リビングルームのように、三原音楽事務所の所属歌手の写真は飾っていなかったが、十津川が気になったのは、寝室の壁に、歌川広重の東海道五十三次の、吉原宿の版画がかけられていたことだった。

十津川は、広重の東海道五十三次の版画を、すべて、見たわけではない。今、壁にかかっているのも、十津川自身は、初めて見るものだった。

それには「吉原」とあって、旅人が馬に乗って、細い松並木を進んでいる構図になっていた。

絵の左のほうに、富士山が描かれて、左富士という文字があった。

十津川は、副社長と女性秘書の吉川香里を呼んで、壁にかかっている、歌川広重の版画を見てもらった。

「亡くなった三原社長には、こういう、版画を蒐集する趣味が、あったんですか？」

十津川が、二人に聞くと、弟の副社長は、

「確かに、絵は好きでしたが、兄には、版画を蒐集するような趣味は、なかったと思いますね。そういう話は、一度も聞いたことがありませんし、このマンションには、たまに来るんですが、この版画を見たのは、今日が初めてです」

女性秘書の吉川香里は、

「仕事の打合せで、何回かこのマンションに来ていますけど、こういう版画を見たのは、私も、今日が初めてです」

「お二人とも、このマンションでは、版画を見たことがなかったといわれるが、ここは寝室ですよ。以前に、寝室に入ったことがあるわけですか？」

十津川が、念を押すと、香里は笑って、

「この寝室に入ったのは、初めてですけど、社長は、絵がお好きで、油絵なんかを、時々、このマンションの部屋に飾ってあるのを、見せられたことがありますよ。でも、そのなかに、日本の版画は、一枚もありませんでした。今、この版画を見て、ちょっと、ビックリしているんです」

確かに、リビングルームにも書斎にも、絵がかかってはいたが、すべて油絵で、どれも、有名な外国の画家が描いたものだった。

何らかの理由で、三原肇は広重の版画を寝室に飾ったのだ。

しかし、その理由とはいったい何なのか。

6

その日のうちに、世田谷警察署に捜査本部が置かれた。

捜査会議の席で、十津川が、マンションの寝室にあった歌川広重の版画について言及すると、若い日下刑事が、ビックリした顔で、

「警部、その広重の版画ですが、ひょっとして、吉原宿を描いたものじゃありませんか？」

と、いった。

今度は、十津川のほうが驚いた顔になって、

「君のいうとおり、確かに、広重の描いた、吉原宿に間違いないよ。なぜ、君は吉原宿を描いたものだと、分かったんだ？」

日下は、五年前の学生の時の旅行の話と、四月九日に、吉原新報という地方紙が送られてきたことを、十津川に話した。

「私は、五年前、大学の時、一人で『青春18きっぷ』を利用して、東海道本線に乗って旅をしました。その時、富士駅で人身事故があり、私の乗っていた電車が、一つ手前の吉原駅で止まったまま、動かなくなってしまったので、仕方なく、吉原駅で途中下車し

てみたのです。駅の近くにあった『赤富士』という喫茶店に入ったところ、歌川広重の東海道五十三次の版画、吉原宿を描いた版画が、壁にかかっていたのです。ところが、五年たった今、なぜか、その喫茶店のオーナーの死を伝える吉原新報を、わざわざ、私に送ってきた人間がいるのです。その人間の名前も、住所も、分かりません。今、警部から、今回の殺人事件の被害者の自宅寝室に、問題の版画が飾ってあったと聞いたので、妙な一致点があるものだと思い、申し上げたのですが」

「私は、マンションの管理人に断って、問題の版画を持ってきた。日下刑事も、しっかりと見てくれ」

十津川は、広重の描く吉原宿の版画を、黒板に掲げた。

それを見て、日下が、いった。

「確かに、間違いなく、その絵です。私が吉原に行ったのは五年も前ですが、その版画のことだけは、今でも、よく覚えているのです。そこに、左富士と書いてあるでしょう? 江戸時代、東海道を、京へ向かって歩いていると、富士山は、ずっと右側に見えているのですが、吉原宿の手前から、東海道が、急に北東に向かうので、自然に、今まで右側に見えていた富士山が、左側に見えるようになるんです。それで、広重の版画にも、左富士と書かれているのだそうです」

「今からすぐ、君のところに送られてきた吉原新報という地方新聞を、持ってきてくれないか。君の話を聞いていて、急に、その新聞のことが、気になってきた」

十津川は、日下に、いった。

7

日下が自宅に戻り、問題の地方新聞、吉原新報を持って捜査本部に戻ってくると、十津川は、その社会面の赤線が引いてある小さな記事に目をやって、

「確かに、これを見ると、君のいうとおり、四月七日に、吉原にある喫茶店のオーナーが、自動車事故で死んだことが書いてあるな。君が五年前、この喫茶店に行ったことは、間違いないんだな？」

確認するように、十津川が、聞いた。

「間違いありません」

「この新聞を送ってきた人間についても、心当たりが、まったくないのか？」

「まったくありません」

「この新聞記事に書いてある喫茶店『赤富士』のオーナーだが、君は、五年前の三月十日に会った。そのあとで、その喫茶店を訪ねていったことは、なかったのか？」

「まったくありません。ですから、その喫茶店のことも、そのオーナーのことも、すっ

かり忘れていました」

「どんなオーナーだったんだ？」

「そうですね、親切で、私の質問にも、丁寧に答えてくれましたよ。だからといって、どうということもなくて、何しろ、彼に会ったのは、その時、一回だけなんですから。このオーナーや、一緒に働いていた奥さんの名前も、聞いていないのです」

「なるほど。その時からあと、ここに書いてある神木倫太郎さんというオーナーや、奥さんの恭子さんから、手紙が来たり、電話がかかってきたということはなかったのかね？」

「どちらもありません。五年間、一度もです。ですから、その間私が、このオーナー夫妻のことを思い出したことも、一度もありません。このオーナー夫妻とその時に、問題を起こしたこともありませんので、新聞の送り主の意図が、まったく分からないのです。私は、ただただ当惑しています」

当惑している日下に向かって、十津川は、

「今回、世田谷の駒沢公園で、三原肇という、音楽事務所の社長が殺された。彼の住んでいたマンションの寝室に、君が、五年前に見たのと同じ、広重の東海道五十三次の吉原宿の版画がかかっていた。この殺人の前に、君のところに吉原新報を送って来たことと、繋（つな）がっているように思えるんだが、その点どう思うね？」

と、聞いた。

「確かに、そんな気もしますが、私は、警視庁の刑事です。吉原新報が伝えている喫茶店『赤富士』のオーナーがひき逃げされた事件は、あくまでも静岡県警の仕事ですから、関係がありません。その辺のことは、交通事故ですから、捜査一課の私が担当するような事件でもありません。それに、吉原新報を送りつけてきた人間にも分かっているのではないかと、思うのです。そう考えると、送り主は、間違いなく、無駄なことをしていると、思わざるを得ないのです」

日下が、いうと、刑事部長の三上が、

「私の考えをいってもいいかね？」

と、口を挟んだ。

「どうぞ、おっしゃってください。部長のお考えも、ぜひ、お聞きしておきたいですから」

と、十津川が、促した。

「世田谷区の駒沢公園の殺人事件だが、被害者のマンションには、広重の描いた吉原宿の版画が、わざわざ壁に飾られていた。その同じ版画を、日下刑事は、五年前に吉原駅近くの喫茶店でも見ている。その喫茶店のオーナーは、今年の四月七日にひき逃げに遭って死んでいる。こう考えてくると、どこかで繋がっているんじゃないのかね？　そうした前提で考え直してみたらどうか。吉原駅近くの喫茶店『赤富士』のオーナー、神木倫太郎が死に、音楽事務所社長の三原肇が、殺された。神木倫太郎、六十歳、三原肇、四十歳、この二人が被害者だ。神木倫太郎が経営していた吉原の喫茶店の壁にも、広重の吉原宿の版画が飾ってあったし、今回殺された三原肇の自宅マンションの寝室にも、同じ版画が飾ってあったんだ。少なくとも、神木倫太郎と三原肇とは、広重の版画で、繋がっているんだよ」

「しかしですね、部長」

と、十津川が、いった。

「共通点は、ただ、一点しかないのです。広重の吉原宿の版画だけです。果たして、この版画一点だけで、神木倫太郎の事故死と、今回の殺人事件とが、結びつくでしょうか？　あるいは、犯人が同一人物だと、断定できるでしょうか？」

「確かに、そこが、難しいところではあるんだがね」

と、三上もうなずく。

じっと、吉原新報の記事を見ていた亀井刑事が、

「この四月八日の吉原新報の記事によりますと、喫茶店『赤富士』のオーナー、神木倫太郎は、東京ナンバーらしき、シルバーメタリックのスポーツカーにはねられたと、目撃者がそう証言していますね。この東京ナンバーらしきスポーツカーを運転していたの

は、今回殺された、三原肇なんじゃないでしょうか？　そうだとすれば、二つの事件は結びつくことになりますよ」

「確かに、そう断定できればだ」

十津川は、携帯を取り出すと、世田谷のマンションの管理人に電話をかけた。

「亡くなった三原社長が、どんな車に乗っていたか、分かりますか？」

十津川が、聞くと、

「今、地下の駐車場に停めてあるのは、確か、白い車体のハイブリッドカーですよ」

と、管理人が、答える。

「その前は、どんな車に乗っていたか、分かりますか？」

「確か、スポーツカーだったと思いますね。これは、国産だが、外車並みに高いんだと、三原さんが、自慢していましたから」

「色は？」

「シルバーメタリックでしたね」

「それが、急に、ハイブリッドカーに替わってしまったんですね？」

「そうですよ。先日、その車を見た時に聞いたら、また、どうせ、ガソリンの値段は上がるから、燃費の悪いスポーツカーなんかには、もう、乗っていられない。だから、ハイブリッドカーにしたんだ。三原さんは、そういっていましたね」

「ハイブリッドカーに乗り換えたのですから、売り払ってしまったんじゃありませんか？」

「そのスポーツカーですが、今、どうなっているか、分かりますか？」

「どこに売ったか、分かりますか？」

「そこまでは、私には分かりません。三原さんが社長をやっている音楽事務所の社員の方に聞いたら、分かるんじゃありませんか？」

と、管理人が、いった。

十津川は、被害者の弟、三原進と、女性秘書の吉川香里に名刺をもらってあったので、まず、三原進に電話をかけた。

「お兄さんが持っていたスポーツカーですが、現在は買い換えて、ハイブリッドカーに、乗っていると聞きました。前のスポーツカーはどうしたのか、ご存じですか？」

十津川が聞くと、三原進は、

「それは初耳です。私には、まったく分かりません。私は、車にはあまり興味がありませんから」

と、いう。兄が車を買い換えたことは、知らないというのである。

十津川は、次に吉川香里に電話して、同じことを聞いた。

「車のことですか？」

と、香里が、いって、

「変な話なんですよ」

「何がですか？」

「亡くなられる五日ほど前でしたでしょうか。急に、こんなことを、おっしゃるんです。これからも、ガソリンが高くなるから、俺も、ハイブリッドカーにすることに決めたって」

「それが、変なことなんですか？」

「ええ。ウチの社長は、そんなことをおっしゃる人じゃないんです。ガソリンがどんどん値上がりしていた時にも、スポーツカーを乗りまわしていて、ガソリン代をけちっていて、大きなことができるかって、おっしゃってたんですから」

「しかし、ハイブリッドにしてしまった？」

「ええ」

「買い換えの手続きは、あなたがされたんですか？」

「いいえ。社長が一人で決められて、気がついたら、ハイブリッドカーになっていたんです。あれには、ビックリしました」

「いつもと、違っていたんですか？」

「ええ。車種を決めるのは社長ですけど、買い換えの手続きは、私がしていましたから」

「前に乗っていたスポーツカーは、どうなったか分かりますか？」

「今、申し上げたように、買い換えの手続きを、全部、社長がなさったので、私には、分かりません」

「そのスポーツカーですが、仕事の時も乗っていたのですか？」

「あくまでも、プライベート用として使っていました。仕事の時には、会社で社長用に用意してある黒塗りの日産プレジデントに、乗っていらっしゃいましたから」

と、香里が、いった。

「もう一つ、お聞きしたいのですが、最近、三原社長は、そのスポーツカーで事故を起こしたことはありませんか？　場所は東京ではなく、静岡県内だと思うのですが」

「交通事故ですか？　いえ、そういうことを、聞いたことはありません。社長は、もともと車の運転がお上手で、滅多なことでは事故を起こすようなことは、考えられませんわ」

と、香里が、いった。

「四月七日ですが、三原社長は、どこかに旅行していませんか？」

「四月七日ですか？」

「そうです。四月七日の、午後二時過ぎに、三原社長は、前に持っていたスポーツカーで静岡に行っていた。そういうことはありませんか？」

　十津川が、重ねて聞いた。

「四月七日に、静岡県ですか？」

「そうです。今もいったように、四月七日の午後二時過ぎに、場所は、静岡県の富士と吉原の間だと思うのですが、そこで、事故を起こしていませんか？」

　改めて、十津川が聞いた。

「いいえ、そういうことは、聞いておりません」

「では、四月七日、三原社長は、東京におられましたか？　それとも、どこかに行っておられましたか？」

「四月七日前後でしたら、確か社長は、浜松方面に将来有望な、若い歌手がいるというので、会いに行かれたはずです」

　と、香里が、いった。

「四月七日の、一日だけですか？」

「いいえ、六日、七日、八日と、三日間の予定で、社長は、一人で浜松に行かれたはずですよ」

「それで、将来有望な若い歌手というのは、三原社長が連れ帰って、現在、三原音楽事務所に所属しているんですか？」

「いいえ」

「それでは、三原社長は、浜松から連れて帰ってこなかったんですね？」

「ええ、そうです。ご自身、浜松に行って、その若い歌手に会ったところ、将来性がないと分かったので、連れて帰ってこなかったと、社長がいわれたのを覚えていますわ」

「もう一度、確認しますが、三原社長は、四月の六日、七日、八日の三日間、浜松に、将来有望な若い歌手がいるというので、会いに行ったんですね？　しかし、実際に本人に会ってみると、将来、モノになりそうもないので、東京には連れて帰らなかった。三原さんは、そういっていたんですね？」

念を押すように、十津川が聞いた。

「ええ」

「もう少し、具体的にお聞きします。四月六日から八日まで、三原社長は、浜松に行っていた。その真ん中の四月七日に、東京に戻ってきていたということは、ありませんか？」

「いいえ、事務所に出てこられたのは、四月八日です。その時に、私が、若い歌手のことを聞いたら、あれはダメだ。将来性が感じられなかった。実際に会ってみてガッカリしたよと、一言（いちごん）の下（もと）にいわれたのを、今でも、よく覚えているんです」

「四月七日の午後に、三原社長は東京に帰ってきていたが、事務所には、顔を出さなかった。そういうことも考えられますか？」

「ええ、確かに、時間的には可能だと思いますけど、ウチの社長は、そんなことをする人じゃありません。仕事が予定より早く終わって東京に帰ってきたら、必ず、事務所に顔を出すはずですから」

と、香里が、いった。

副社長の三原進と、女性秘書の吉川香里の二人から電話で聞いたことは、次の捜査会議で、十津川から報告された。

その時、十津川は、日下刑事に向かって、

「君には、西本刑事と二人で、吉原に行ってもらいたい。君が五年前に立ち寄ったという、喫茶店『赤富士』に行き、亡くなった神木倫太郎オーナーの奥さんに会って、話を聞いてくるんだ。今回の殺人事件について有力な手がかりが、得られる可能性があるからな」

8

翌日、日下刑事は、同僚の西本刑事と、朝早く東京駅から東海道本線に乗って、吉原に向かった。

五年前と同じように、吉原駅で降りる。

日下は、喫茶店「赤富士」が閉まっているかもしれないと心配していたのだが、行ってみると、店はオープンしていた。

店内には、亡くなったオーナー、神木倫太郎の妻、恭子、五十二歳が、一人で働いていた。

二人は、カウンターに腰を下ろして、コーヒーを注文した。

日下が、壁に目をやると、そこには、あの歌川広重の吉原宿の版画が、五年前と同じように、飾ってあった。

神木恭子が、コーヒーを淹れて、二人の前に置いてくれる。

「私のこと、覚えていませんか？」

日下刑事が、神木恭子に向かって聞いた。

日下の顔をじっと見ながら、恭子が、

「申し訳ございませんが、どなた様でしたでしょうか？」

「ああ、覚えていらっしゃらないのも、無理はありませんよね。五年前に、ただ一度だけこの店に立ち寄って、初めて、吉原に来たのだが、岳南鉄道はどこだか、どこを見物したらいいのか、教えてくださいと、お願いしたんです。亡くなった神木さんとあなたが、左富士神社のことなどを、話してくださったんです」

「そういうことがございましたか」

と、恭子が、いう。

どうやら、吉原新報を送ってきた人間は、未亡人の神木恭子ではないらしい。

「実は、私たちは東京の警視庁の者ですが、確か、神木さんは、四月七日にこの近くで、車にはねられて亡くなられたんですよね？」

西本が、いった。

「はい」

「それで、ご主人をはねた犯人は、もう捕まったんですか？」

「警察の話では、まだ、見つかっていないようなんです」

「そうですか、まだ、見つかっていませんか。それは残念ですね」

と、日下が、いった。

神木恭子の耳には、東京で殺された三原肇のことは、届いていないらしい。こちらの警察は、おそらく、神木恭子に、その話をしていないのだろう。

第三章　新聞記事

1

西本と日下は、神木恭子と、話を続けた。

「ご主人を、はねて殺害した犯人ですが、東京では、容疑者が浮かんできています。ただ、まだ特定はできませんが」

と、日下が、いった。

「それ、本当なんですか？」

恭子が、半信半疑の顔で聞いた。

「もう少し、証拠が集まれば、必ず県警からも、知らせがあるはずです」

「主人をはねて殺したのは、やっぱり、東京の人だったんですか？」

恭子が、聞く。

西本たちは、二杯目のコーヒーを頼んだあと、

「確か、ご主人を、はねて逃げたのは、東京ナンバーらしき国産のスポーツカーだったと、そう聞いていますが、間違いありませんか？」

西本が、念を押した。

「ええ、目撃した人が、そう証言していますから、間違いないと思います」

「あの日、ご主人は、銀行に、お金を下ろしに行った、帰りだったんですよね？」

「ええ、そうです。いつも毎月二回、銀行に行くことになっていました。一週目の月曜日と、四週目の月曜日です」

「そういうスケジュールで、仕入れ先との取引をしていたわけですか？」

「ええ、そうです。あの日は、たまたま、主人が行きましたけど、普段は、私が行くことのほうが、多かったんです」

恭子は、何気ない調子でいったが、その言葉で、日下の表情が変わった。

「今、あなたがいったことは、間違いありませんね？」

「何のことでしょう？」

「月に二回、第一月曜日と、第四月曜日に銀行に行くことになっていたが、ご主人よりもあなたのほうが、回数が多かった。今、そういわれたんです。それは、本当なんでしょうね？」

「それでは、あの日、ご主人が銀行に行かれたのは、ご主人の役目ではなくて、たまたま、ご主人だった。あの日、本当だったら、奥さんが銀行に行かれたかもしれない。これで間違いありませんか？」

「ええ、いつもは、私が銀行に行くことが多いんです。あの日は、たまたま主人が行ってくれました」

「今、おっしゃったこと、つまり、銀行に行くのは、実際は、ご主人よりも奥さんのほうが回数は多かった。そのことを、こちらの刑事にいわれましたか？」

日下が、聞いた。

「いいえ、別に、そんなことは聞かれませんでしたから、いっていませんけど、何か、大事なことなんでしょうか？」

今度は、恭子が聞いた。

「大事なことかもしれないので、私たちが、こちらの警察にいっておきますよ」

と、日下は、いった。

「よろしくお願いします」

恭子はいったが、警視庁から来た刑事二人が、どうして急に、真剣な表情になったのか、まだ分からずにいるようだった。

「ご主人が亡くなる前に、何か、気になるような出来事はありませんでしたか？　ご主人の身の回りでも、あなたの身の回りでもいいのですが」

改めて、日下が聞いた。

恭子は、しばらく、考えていたが、

「これといったことは、何もありませんでしたわ」

と、答える。

「では、もう少し、時間を広げましょう。ここ何年かの間に、ご夫婦の身に何か、変わったことがありませんでしたか？　例えば、車にはねられそうになったりとか、無言電話がかかってきたりとか、そういうことですが」

「ここ何年かですか」

といって、恭子は、少しの間、また考えていたが、

「記憶に残るようなことは、何も、ありませんでしたわ。主人が私によくいっていたんですよ。俺たちは、平凡を絵に描いたような夫婦だな。でも、それが一番の幸せかもしれないな。主人は、そんなことをよくいっていたんですよ。ですから、主人が車にはねられて亡くなるなんて、考えてもいませんでした」

「この店は、駅のそばにありますから、観光客がよく立ち寄るんじゃありませんか？　実は五年前、私も、そうだったんですけどね。そういう人たちと、何か問題が起きて、

困ったようなことはなかったですか？」

日下が聞いた。

「いいえ、別に、何もありません。ウチのお店に来てくださるお客様は、皆さん、いい方ばかりですから」

「では、少し、突飛かもしれませんが、こんなことは、ありませんでしたか？」

と、日下が続けた。

「例えばですが、ここに立ち寄ったお客の一人が、あとになってから、実は、指名手配されていた殺人犯か何かで、それを知ってビックリしたとか、そういうことは、ありませんでしたか？」

恭子は、ニッコリして、

「そういうことがあれば、刺激があって、面白かったんでしょうけど、何も、ありませんでしたよ」

「困ったお客などは、一人もなかった。そういうことですか？」

「ええ、それよりも、たまたま旅行の途中でウチに立ち寄って、いろいろと、旅行の参考になることを聞いて、ありがたかった、そういって、お礼の手紙をくださる方が多くて、何通も来ていますけど」

恭子は、そうした手紙はすべて取ってあるといい、奥から持ってきて、西本と日下に、見せてくれた。

段ボール箱に入った、かなりの数の手紙だった。

「これは、何年分の手紙ですか？」

「このお店は、八年前に始めたんです。これは、その八年間に送られてきたお礼の手紙です」

と、恭子が、いった。

二人の刑事は、目を通してみた。

そのなかに、こんな手紙もあった。


「私のこと、覚えていらっしゃいますでしょうか？

あの日、私は、岳南鉄道に乗りたくて、東海道線の吉原駅で降りたんですけど、一度も乗ったことがないので、どういう電車なのか、どこまで走っている列車なのかが、まったく分からず、たまたまそちらのお店に入って、岳南鉄道についてお聞きしました。

そうしたら、ご主人も奥様も、とても親切に教えてくださって、おかげで、何の不安もなく、楽しく、岳南鉄道に乗ることができました。

あの時は、本当に、ありがとうございました。

できれば、またお邪魔して、岳南鉄道のことを、おしゃべりしたいと思っております。

日下は、その文面から、五年前のことを思い出した。

大学四年の時、日下は、この喫茶店「赤富士」に来ている。あの時、一つ先の富士駅で人身事故があって、列車が、止まってしまい、それで、日下は、吉原駅で降りて、この喫茶店に、寄ったのである。

その時、若い女性の客がいて、ここのオーナー夫妻に、岳南鉄道の駅のことを聞いていた。

日下は、その女性の声は聞いたが、顔は見ていなかったので、どういう女性かは、覚えていない。ただ、若い女性らしいとだけは、覚えていたのだった。

その女性が、この手紙を、書いたのだろうか？

「この手紙は、文面から女性の書いたものだと思われますけどね、どういう女性だったか、覚えていますか？」

日下が聞くと、恭子は微笑して、

「ええ、五年ほど前のことだと思いますが、その女性だとすれば、覚えていますよ。ひどく熱心に、岳南鉄道の吉原本町駅のことを、聞いていましたから」

「実は、その頃、私はまだ大学生で、あの日、たまたま、東海道本線に乗っていて人身事故があったので、吉原で降りて、この店に寄ったのです。そうしたら、若い女性の声で、岳南鉄道のことを聞いているのが聞こえてきたのです。今、そのことを思い出しました。これは、その時のお礼の手紙ですね？」

「ええ、たぶん、そうなんですけど、それが、少しばかり、おかしいんですよ」

と、恭子が、いう。

「どうおかしいんですか？　差出人の名前がないことですか？」

「いいえ、それは、別に、おかしくありません。差出人のない手紙が来ることは、よくあることですから。ただ、この話は、確か、五年前のことなんですよ。それなのに、お礼の手紙が来たのは、今年になってからですから、ずいぶんゆっくりしたお礼状だなと、主人も、笑っていたんです」

「今年のいつ頃、このお礼状は、届いたのですか？」

「確か、三月の中旬だったと思いますわ。消印に、日付がありません？」

日下が、封筒の消印を見ると、確かに、三月十六日の消印になっている。

「五年前のことのお礼状というと、ずいぶんおかしいと、思われませんでしたか？」

「たぶん、今年になってから、結婚か何かなさって、相手の方が静岡の方で、それで、岳南鉄道のことを思い出されて、こうして、お礼状をくださったのではないかと、そんなふうに、私は思いました」

「了解しました」

と、日下が、いった。

2

二人は、喫茶店「赤富士」を出ると、静岡に向かい、県警本部を訪ねて、神木倫太郎のひき逃げ事件を捜査している担当の刑事に会った。

名前は、大崎(おおさき)という刑事だった。

西本が、東京で殺された三原肇という音楽プロダクションの社長のことを話すと、大崎はうなずいて、

「そのことは、すでに、警視庁からこちらに、知らせが入っています。警視庁では、こちらでひき逃げされた、神木倫太郎をはねた車の持ち主が、その、三原肇ではないかということですが、こちらとしては、まだ確証のないことなので、神木さんの奥さんの恭子さんには、知らせておりません」

「そうですね、確かに、確証はありませんが、殺された三原肇は、神木倫太郎のひき逃げ事件の目撃者が証言している、東京ナンバーの国産のスポーツカーを持っていました。そのうえ、ひき逃げ事件の直後に、長年、持っていたその車を買い換えているのです。

ですから、容疑者であることは、間違いないと思うのです。こちらで、神木倫太郎を、自分の車ではねて殺したことは、そのうちに、証拠が上がってくると思っています。それで、一つ、お願いがあるんですよ」

と、日下が、いった。

「何でしょうか？」

「犯人は、たまたま、神木倫太郎をはねて殺してしまったのではなくて、神木倫太郎だと知っていて、はねて殺したのではないかという考えを、われわれは持っています」

「だとしたら、犯人の動機は、いったい、何ですか？　神木倫太郎に、何か恨みを持っていた。そういうことですか？」

「動機は、分かりませんが、どう考えても、相手が神木倫太郎だと知っていて、はねたとしか思えないんですよ。それで今日、神木倫太郎が経営していた、吉原の喫茶店『赤富士』に行ってきました。そこで、奥さんの神木恭子さんに会ってきたのですが、彼女から、こんな話を聞かされました。あの日、夫の神木倫太郎が、自転車に乗って、銀行にお金を下ろしに行きました。ところが、あの店では、夫婦のどちらが銀行に行くのかは、決まっていなかったというのです。つまり、事故の日、奥さんの恭子さんが行くかもしれなかったんですよ。そう考えると、犯人は、あの日、自転車に乗っていたのが奥さんだったら、彼女をはねて殺しているのではないか？　そう、思ったのです。それで、これからしばらくは、奥さんの警護を、お願いしたいと思うのですが」

「奥さんを警護するのはいいのですが、話が少しばかりおかしいのではありませんか？」

「どこがですか？」

「警視庁は、神木倫太郎をはねて殺した犯人は、三原肇という音楽プロダクションの社長で、その三原肇も、何者かに殺されたというわけでしょう？　犯人がもう死んだのならば、どうして、奥さんを警護する必要があるんですか？」

大崎刑事は、当然の疑問を、日下にぶつけてきた。

「確かに、そうなんですが、あくまでも、念のためです。お願いします」

日下は、大崎刑事に、いった。

3

二人は、東京に帰る前に、静岡市内で夕食を取ることにした。

駅近くのそば屋に入り、二人とも空腹だったので、ざるそばと天丼のセットを注文した。

食事の途中で、西本が、日下にいった。

「今日の君は、少し、おかしかったぞ」

「別に、おかしいことなんかなかったと思うが、何が、おかしかったんだ？」

「県警本部で、大崎という刑事に会った。その時、君が、喫茶店『赤富士』の神木恭子の警護をお願いするといったら、大崎刑事は、こういったんだ。『警視庁は、神木倫太郎をはねて殺した犯人は、三原肇という音楽プロダクションの社長で、東京で殺されてしまったと、そういっている。容疑者が死んでいるのに、どうして、警護をする必要があるのか』と、文句をいったじゃないか？　確かに、あのいい分には、一理あるよ」

「俺だって、一理あるとは、思った」

「それなのに、重ねて、警護をお願いするといったじゃないか？　いつもの君なら、あんなくどいことはいわないはずだ。神木恭子の警護は、静岡県警の所轄事項だからね。向こうに任せるよりほかないんだ。それなのに、今日に限って、君は粘っていた。何か、大きな心配ごとでもあるのか？」

「そんなふうに見えたか？」

「ああ、見えたよ。いったい、何が、心配なんだ？」

「実は、昼間、喫茶店『赤富士』で、神木恭子と話をしていた時、気になったことが、一つあったんだ」

「気になったこと？」

「彼女が見せてくれた、あの、礼状の束だよ」

「礼状？　どうして、礼状が気になったんだ？」

「そのなかの一通に、あの店で、岳南鉄道の吉原本町駅のことを聞いた時、親切に教えてくださってありがとうという、礼状が入っていた。ところが、その礼状が来たのが、今年になってからだと、神木恭子がいったじゃないか。問題の件は、五年前に起きているんだ。あまりに、時間が経ちすぎてはいないか？」

「そんなことがあったな。五年後に思い出して礼状を出したとしても、別におかしいことはないだろう？」

「そうかな」

「神木恭子も、いっていたじゃないか？　何か、この女性には、最近、嬉しいことがあって、岳南鉄道のことを思い出した。そこで急に、礼状を書く気になったんじゃないかと。そう考えれば、別に、おかしくはないよ」

「しかし、どうしても、気になってしまう。五年前、俺は旅行に来て、たまたま、あの喫茶店に寄った。その時に、あの礼状の女の声を、聞いているんだよ。顔は見なかったが、若い女であることは分かった」

「それで？」

「あの日、静岡県内で、鉄道による二件の人身事故が起きた。新聞も、静岡県内で二件の人身事故が続けて起きるのは、珍しいと書いていた」

「しかし、五年前のことだろう？　その二件の人身事故に、何か不審なことがあったのか？」

「一つは、大井川鐵道の無人駅、大和田駅で起きた人身事故で、ＳＬを夢中になって撮っていたアマチュアカメラマンが、ホームから落ちてそのＳＬにはねられて死んだんだ。こちらのほうは、別に、おかしいところはないんだ。もう一つは、東海道本線の富士駅の構内で起きた人身事故で、被害者がホームにいた時、誰かに、突き飛ばされたらしい。そんな噂があってね。しかし、その後、犯人が見つかったという話も聞いていないから、あれも、やはり、ただの人身事故だったのかもしれない」

「それなら別に、問題はないじゃないか。とにかく、五年も前のことなんだ。それに、その後、問題にもなっていないのなら、君が心配することはないじゃないか？」

「それは、そうなんだけどね」

　と、日下は賛成するようにいったものの、続けて、

「しかし、五年前にたまたま、俺が声を聞いた女が、五年後に、喫茶店の夫婦のところに礼状を出している。その直後に、オーナーの神木倫太郎が、ひき逃げ事故で、殺されているんだ」

「君のいう若い女は、顔も見ていないんだろう？　五年前のその日には、別に、殺人は

起きていないのだろう？　その若い女が殺されて、死体で発見されたというわけでもない。また、誰かを殺して逃げたというわけでもないしね」

「それは、確かに、そうなんだけどね」

「それなら、君が、五年前のことを心配する必要は、これっぽっちもないよ。それこそ、取り越し苦労というヤツだ」

「それは、よく、分かっているんだ。分かってはいるんだが、何となく、引っかかってしまってね」

と、日下は、いった。

4

夕食が終わったあと、西本は、

「すぐ東京に帰る」

と、いったが、日下は、

「俺は、もう一日、静岡にいる。どうしても、気になることがあって、それを調べてみたいんだ。警部には、そういっておいてくれないか？」

「分かったよ。気がすむまで調べてみればいい。警部には、俺から話しておく」

と、西本は、いってくれた。

静岡駅で西本と別れると、日下は、もう一度、県警本部に引き返した。

大崎刑事を、呼んでもらうと、大崎は、少しばかり怒ったような表情で、日下を見た。

「あなたのいうことは、ちゃんと守るから、安心してください。本部長に頼んで、神木恭子には、刑事を二人、つけますよ」

「いや、お邪魔をしたのは、その件ではないんです」

「ほかにも、まだ、何かありますか？」

大崎が聞く。

「五年前の、三月十日のことなんですが、この日に、確か、東海道本線の富士駅で人身事故があり、また、大井川鐵道の大和田駅という無人の駅でも、人身事故がありました。そのことを、大崎さんは、覚えておられますか？」

「五年前の件ですって？」

大崎は、ジロリと日下の顔を見てから、

「五年前というと、もしかして、あなたはまだ、警察に入っていないんじゃありませんか？」

「ええ、そうです。まだ大学の四年生でした。その時、たまたま旅行に来ていて、この二つの人身事故に遭遇したのです」

「どうして、刑事でもなかった頃の事故について、あなたが心配するんですか？」

「それは、よく分かっているのですが、ここに来て、『赤富士』という喫茶店のオーナーが、車にはねられて死亡し、東京では、そのはねたと思われる車のオーナーが、何者かに殺されています。どうも私には、五年前の人身事故に原因があるのではないか？　そんな気がして、仕方がないのです。それで、五年前の人身事故が、どう解決されたのか、お聞きしたいと思っているのです」

「それは、あなたの考えすぎじゃありませんか？」

「そうであってくれればいいと、思っています」

「それで、日下さんは、何をお聞きになりたいのですか？」

「五年前の三月十日、東海道本線の富士駅で、人身事故がありました。亡くなったのは、確か、原口圭一郎という男で、ホームにいた時に、誰かに突き飛ばされてホームから落ち、進行してきた列車にはねられて死んだという話があったんですが、この事故はどう決着がついたのか、知りたいのです。突き飛ばされたということであれば、当然、県警が調べたのではありませんか？」

「もちろん、県警では、殺人の可能性があるというので、捜査をしましたよ」

「結果は、どうなったんですか？」

「どうもなりませんでしたよ」

「どうしてですか？」

「日下さんのいうとおり、あの時亡くなったのは、原口圭一郎という、二十八歳の男性です。ホームに立っていた時に、誰かに突き飛ばされたという話を聞いたので、県警の刑事が、五人、そのなかに私も入っていましたが、その五人で捜査をしました」

「それで？」

「ところが、突き飛ばしたとされる人間が、どう調べてみても、見つからないのですよ。私たちはまず、被害者が突き飛ばされるのを見たという人間を、探しました。しかし、いくら探しても、そういう人間が見つからないのです。つまり、誰かが突き飛ばしたという証言は、裏付けが取れないし、目撃者も、見つからなかったんですよ」

「亡くなった原口圭一郎という男についても、当然、調べたんでしょうね？」

「ええ、もちろん、調べましたよ。よく覚えています。年齢二十八歳、NS商事に勤務するサラリーマンで、その年の秋に、結婚をする予定の恋人がいた。しかし、彼女との仲がうまくいかなくなっていて、うさ晴らしに一人で旅に出て、富士駅で、こんなことになった。それで、一時は、世をはかなんでの飛び込み自殺ではないのかという声も、聞こえました。しかし、飛び込み自殺と断定する根拠もなく、突き落とされたという証拠もなく、結局、ホームで電車を待っている間に、考えごとをしていて、誤ってホームから落ちて、入ってきた電車にはねられて死んだ。つまり、事故死であるという結論に達したのですよ」

「事故死だと断定した理由は、それだけですか？」

「もう一つ、ありました」

「それは？」

「原口圭一郎が、酒を飲んでいたということです。死体を司法解剖した結果、血液中から、アルコール分が検出されていましてね。それで、酔っていて、ホームから落ちたという可能性も、否定できなくなりましてね。いずれにしろ、原口圭一郎の件は、殺人とは考えられず、事故死で決着がついたんです」

「同じ日に、もう一つ、大井川鐵道の大和田駅で、小柴健介という男が亡くなっていますが、この件については、何の問題もなかったのですか？」

「この件についても、一応、調べました。無人駅の構内で、大井川鐵道のＳＬにはねられて、死んだわけですからね、目撃者もなく。ただ、小柴健介という人は、アマチュアのカメラマンで、列車を写しに来ていたことは明らかなので、それが関連しているのではないか？　そう考えて、われわれは、調べました」

「その結果は？」

「彼が持っていたカメラには、進行してくるＳＬ列車が、写っていたのです。ピントがぶれていましたがね。それで、ＳＬの撮影に夢中になってしまっていて、近づいてくる

SL列車に気がつくのが遅れて、はねられてしまった。われわれは、こう結論づけました。被害者の小柴健介には、自殺をする理由も見当たらないし、また、彼が、誰かに命を狙われる理由も、ありませんでしたから、殺人でも自殺でもない、単なる事故と考えられたので、事故として処理しました」

「この二人の場合、家族は、何か、いってきませんでしたか？」

「二人とも、二十代後半の、れっきとした社会人でしたからね、家族は、なぜ、人身事故で死んだのかといいましてね。列車に、はねられて死んだということが信じられないというのも、無理なかったんですよ。しかし、こちらが捜査したことを、詳しく説明すると、どちらの家族も、納得してくれました。ただ、原口圭一郎のほうは、秋には結婚する予定になっていたので、その件については、なるべく内密にしてほしいと、いわれましたね。確かに、結婚すべき恋人と仲違(なかたが)いをして、自殺したというような話になっては、困るからでしょうね。警察発表では、恋人の件には、まったく触れませんでしたが、一部の新聞には、そのことが出てしまいました。しかし、それは警察の責任ではありません。これで、よろしいですか？」

「では、五年前の二つの事故は、単なる事故として処理されたわけですね？」

「そうですよ。家族からも、文句は出なかったし、その後、この二つの事故について、問題が起きたこともありません」

「しかし、すべての人間が、警察の判断に、賛成したわけじゃないでしょう？　例えば、吉原の地方新聞、吉原新報などは、今、大崎さんがいわれた警察の見方に、否定的だったんじゃありませんか？」

「確かに、マスコミの一部には、警察の捜査に、反対する者もいましたよ。でも、そういうことは、今回の事件に限らず、どんな事件の場合でも、あるんですよ。マスコミ、特に小さな地方紙などは、部数を伸ばそうとして、あることないこと書くことがありますからね。そういうマスコミがあったとしても、われわれは、一切、無視することにしています」

大崎刑事は、きっぱりと、いった。

5

日下が、静岡県警の本部を出た時は、すっかり、周囲は、暗くなっていた。

吉原新報社を訪ねるのは、明日にすることにして、日下は、いったん、静岡市内のビジネスホテルに、チェックインすることにした。

翌朝、吉原まで戻り、歩いて吉原新報社を訪ねようとして近くまで行くと、吉原新報社の入っていた雑居ビルは、見るも無残に焼け落ちて、周囲には、立ち入り禁止のロープが張られていた。

焦げた臭いが、まだ、周囲に漂っている。

消防車は、すでに引き揚げたのか、一台も見当たらなかった。

日下は、近くにあった派出所に行き、そこにいた巡査に警察手帳を示してから、話を聞くことにした。

「深夜、午前二時過ぎだったと思います」

五十代の巡査が、日下に、話してくれた。

「突然、あの雑居ビルから火が出まして、あっという間に、炎がビル全体に広がったんです。すぐに、消防車が何台も駆けつけましたが、火の勢いが強くて、近寄れませんでした。消火活動は、すぐに始まったのですが、元々、あのビルは古くて、傷んでいたうえに、どうやら、放火の可能性が高くて、犯人は、ビルの中に、灯油を大量に撒いてから火をつけたらしくて、消防も、手をつけられない有り様でした。二時間近くは、燃えていたんじゃありませんかね？　ただ、深夜でしたので、ビルの中には誰もいなかったと見えて、死傷者が一人も出なかったのは、不幸中の幸いでした」

「放火というのは、間違いないのですか？」

「現場検証がまだ終わっていないので、はっきり、断定されてはいませんが、現場を見た消防の隊長が、これは放火だろうと、いっていましたから、まず、間違いないと思いますね。私は、遠くから見ていたのですが、時々、火の勢いが、急に強くなりましたから、あれは、おそらく、ばら撒かれた灯油に、引火したのではないかと思いますね」

「あのビルは、吉原新報が、使っていたビルですよね？」

「ええ、そうです。昔から、あそこには、吉原新報が入っていました」

「吉原新報の評判は、どうでしたか？」

「評判ですか？」

「そうです。読者に、信用されていたかとか、社長がワンマンかとか、事件の取り上げ方が、偏っていなかったかとか、そういうことです。吉原新報社という会社とか、記事とかに、批判のようなものはなかったんですか？」

「そうですね、吉原新報というのは、歴史の古い地方新聞ですが、どちらかといえば、評判は、あまり、良くなかったんじゃありませんかね？」

「それは、どうしてですか？」

「とにかく、社長がワンマンで、現場の記者たちも、社長に逆らうとすぐクビにされてしまうので、いつもビクビクして、記事を書いている。そんな話を、聞いたことがありますから」

　と、巡査が、いった。

「ということは、記事の内容にも、あまり、信頼が置けないという、そういう評判だったんですか？」

「確かに、偏った記事が、載ることが多かったですよ。何しろ、社長がワンマンで、社長が気に入ったような記事しか載せないということですからね」

「吉原新報は、どのくらいの部数を出していたんですか？」

「詳しいことは、知りませんが、せいぜい一万部くらい、多くても、一万五千部とか二万部とか、おそらく、そのくらいのもんじゃないですかね」

「あなたも、ご自宅で、吉原新報を取っているんですか？」

「ええ、取っていましたけどね、記事の内容がどうこうというよりも、まあ、義理で、取っていたようなものです」

「いつ頃から、取っているんですか？」

「そうですね、十五年ぐらい前からですかね。ウチのオヤジの代から、あの新聞を取っていたんですよ。オヤジは、あの新聞に何か借りがあったみたいで、止めたくても止められないんだと、いっていましたね。そのオヤジは、もう、亡くなりましたがね」

巡査は、なつかしそうに、いう。

「五年前の三月十日ですが、大井川鐵道の大和田という無人駅と、東海道本線の富士駅で、一日に二件の人身事故があったのを、覚えていますか？」

と、日下は、聞いてみた。

「ええ、その事故のことなら、よく覚えていますよ」

「どうして、五年も前の事故のことを、覚えているのですか？」

日下が聞くと、巡査は、

「富士駅の人身事故については、ひょっとすると事故ではなく、殺人の可能性もあるというので、静岡県警が、調べましてね。私も、この周辺の聞き込みをやらされたんですよ。だから、五年前のことですが、よく、覚えておるんです」

「この二件の人身事故ですが、結局、事件性はないということで、ただの事故として処理されたみたいですね？」

「そうです。最初は、殺人事件の可能性があるというので、県警も、張り切っていたんですが、最後は、単なる事故ということになりました」

「その時ですが、新聞やテレビは、この二つの人身事故を、どんなふうに報道したのですか？」

「大新聞やテレビは、警察の発表通りに、そのまま記事を書いたり、放送したりしていましたよ」

「吉原新報は、どうでしたか？」

と、日下が聞くと、巡査は笑って、

「それが、面白いんですよ。あそこの社長は、どちらかといえば、権力に弱いという評判だったのですが、あの時だけは、なぜかいやに張り切っていて、警察の発表は信用できない。特に、富士駅で起きた人身事故は、間違いなく、殺人事件だと、そんな記事を書いていましたね」

「どうして、富士駅の人身事故は殺人だと、吉原新報は断定したんですか？」

「確か、有力な目撃者がいたというような記事の書き方をしていたことを、覚えていますね。結局、その有力な目撃者というのが、本当にいたのかどうかが、分からないまま時間が経ってしまうと、吉原新報の記事も、尻つぼみになってしまいましたね。それから、大井川鐵道の人身事故ですが、あの事故も殺人に間違いないと、吉原新報は、書いていたのです。もちろん、これも、社長の独断ですがね」

「大井川鐵道も、殺人ですか？」

「それは、吉原新報だけが勝手にそう書いていたのであって、あれは、どう見たって、殺人じゃありません。単なる鉄道事故ですよ。あの記事は、まったくのデタラメでしたね。富士駅の事故以上に、目撃者もいないし、県警も、最初から事故と見ていましたから。それなのに、どうして吉原新報が、こちらも殺人だというように書いたのか、その理由が、まったく分かりませんね。そんな嘘の記事を書いたって、すぐに、ボロが出てしまうのに」

と、巡査が、いった。

「吉原新報は、大井川鐵道の人身事故まで、殺人だと書いたんですね？」

「そうですよ。それで、警察と犠牲者の家族からクレームが出て、謝罪文と訂正の記事を載せろという意見もあったんですけど、あの社長は、とうとう、謝罪文も訂正記事も、載せませんでしたね。今もいったように、どちらの事故も、証言も目撃者もないわけですから。最後のほうは、グズグズになってしまって」

「吉原新報の社長は、どういう人なんですか？」

「確か、宮崎という名前でしたよ。年齢は、六十代じゃありませんかね？　昔は消費者金融の会社を経営していて、その時に儲けた金で、吉原新報という地方紙を買い取って、自分が、社長に収まったらしいですね。確か、そういう経歴だったと思います。だから、社長のことを、よくいう人が少ないんです」

と、巡査が、いった。

巡査に礼をいって別れたあと、日下は、念のために、静岡県警に電話をかけ、大崎刑事を呼んでもらうと、

「吉原新報の入っていたビルの火事については、放火の疑いがあるので、すでに、捜査を始めています」

と、大崎はいった。

「私が聞いたところでは、吉原新報の宮崎社長は、大変なワンマンだそうですね？」

「そうです。前身が、何といっても消費者金融の社長ですからね。さっき、県警本部長のところに、その宮崎社長から、電話が入ったそうですよ」

「本部長に、宮崎社長は、何といってきたのですか？」

「俺のことを恨んでいるヤツが、放火をした。徹底的に調べて、一日も早く、逮捕しろ。そういったそうです」

「昨日の話ですが、吉原新報は、警察の捜査に対して、五年前の二件の人身事故は、両方とも殺人事件だと、記事に、書いたそうですね？」

「ええ、そうなんですよ。何の根拠もなく、両方とも、殺人事件だと大々的に書くんですからね。困ったものです。亡くなった人たちの家族は、その記事を読んで、みんな、怒っていましたよ」

「吉原新報は、なぜ、そんな記事を、出したんでしょうか？」

「そんなこと、決まっているじゃありませんか。何とかして、一部でも多く、新聞を売ろうとする、さもしい根性ですよ。それ以外、いったい、何があるっていうんですか？　新聞が売れるためなら、大げさに、センセーショナルに、書けばいい。証拠や裏付けなんて、どうだっていい。昔から、あの社長はそういうことを、平気でやっていましたからね。本当に、困ったものですよ」

「警察としては、吉原新報に対して、抗議はしなかったんですか？」

「もちろん、抗議はしましたよ」

「それに対して、向こうの反応は、どうだったのですか?」

「反応も何も、今いったように、扇情的なデタラメな記事を書いて、一部でも多く、新聞を売ろうとする社長ですからね。こちらが抗議をしても、かえって相手を喜ばせることにしかなりませんでしたね」

「つまり、警察の抗議は、無視されたんですね?」

「ええ、そうです。そのくせ、殺人事件と書いているのに、何の証拠もないし、われわれ警察も、捜査をしませんでしたからね。結局、あの記事は、うやむやになってしまったんです。それで、ずいぶん、社長が糾弾されたんじゃありませんか? 社長のやり方に反発して、あの時、吉原新報を辞めた人間が、何人かいたという話を聞いていますから」

と、大崎刑事が、いった。

6

日下は、大崎刑事がいった、五年前に宮崎社長に抗議をして、辞めた吉原新報の元社員に会いたいと思った。

日下は、聞き込みを繰り返して、その一人の名前を知ることができた。

柿沼（かきぬま）という男で、現在、年齢は四十五歳。五年前に辞めて、今はタクシーの運転手を、やっているという。

日下は、そのタクシー会社の営業所に行き、柿沼に会った。

柿沼は、

「とにかく、今は不景気で、お客がなかなかつかないんですよ。だから、刑事さんも、私の車に乗ってください。運転しながらなら、気持ちよく話せますから」

と、いって、日下を苦笑させた。

柿沼の運転する車に乗って、周辺を走りながら、話を聞くことにした。

「五年前の、あの事件の時は、つくづく、あの社長のことが、イヤになりましてね。辞表を書きましたが、何か、あの社長が問題を起こしたのですか？」

「いや、そういうわけじゃありません」

「何だ、問題を起こしたのなら、面白かったのに」

柿沼は、残念そうに、いった。

「確か、五年前に警察が単なる事故と断定した二つの事故に対して、吉原新報だけが、二つとも殺人事件だと、書いたそうですね？」

日下が聞くと、柿沼は、運転しながら笑って、

「あれには、本当に、驚きましたね。何の証拠もないんだから。それでも、ああいう記事を書けと、社長に命令されましてね。書いたあと、つくづく、自己嫌悪に陥っちゃって、辞表を出して会社を辞めたんですよ」

「宮崎社長は、警察の発表は、信用できないと思っていた。だから、真実を明らかにしようとして、そんな記事にしたんじゃないですか？」

日下がいうと、柿沼は、大きな声で笑って、

「あの社長の考えることは、そんな高尚なものじゃありませんよ」

「それじゃあ、なぜ、警察に睨まれるような記事を、わざわざ、書いたんですか？」

「金ですよ」

と、柿沼が、いう。

「金ですか。しかし単なる人身事故を殺人事件だと書いても、金にはならんでしょう？部数は、少しは増えるかもしれませんが――」

「その点は、私にも、分かりませんがね。あの時、社長自身が、みんなの反対を押し切って、無理矢理、二件の事故が殺人事件だという記事を、書かせたわけでしょう？　私は、社長にいったんですよ。こんなことで、警察に睨まれたら損ですよって」

「そうしたら？」

「社長は、笑いながら、こんなことをいっていましたね。こう書けば、金になるんだっ

てね」

「間違いなく、社長は、金になるっていったんですね?」

「そうですよ。だから、なおさら、あの社長の下で仕事をするのが、バカらしくなってしまったんですよ。金のためならば、どんなデタラメな記事でも書くのかと思いましてね。それで、辞めたんです」

「しかし、二つの事故を殺人事件だと書くと、いったい、誰が、金を払ってくれるんですか?」

「私には、分かりませんよ、そんなことは。でも、間違いなく、あの社長は、誰かに、金をもらって、殺人事件という記事を、でっち上げたんですよ」

　柿沼は、繰り返した。

「宮崎社長の住所を、教えてもらえませんか?」

「それは構いませんが、話し合って、理解し合えるような男じゃ、ありませんよ。ワンマンだし、今もいったように、金でどうにでも動くような人間だから、まともに、相手をするだけ損ですよ。気分も悪くなると思いますけどね」

　柿沼は、それでも、吉原新報社長の住所を教えてくれた。

第四章　五年の歳月

1

日下は、そのまま、柿沼という、五年前まで吉原新報の記者だった男が運転してくれるタクシーで、宮崎社長の家の前まで、送ってもらった。

宮崎社長は、在宅していた。

自分の新聞社が火事に遭ったので、さぞ、ガッカリしているか、ショックで落ち込んでいるか、とにかく、機嫌が悪いだろうと思っていたのだが、会ってみると、意外にも機嫌が良かった。

「そもそも、あのビルも、老朽化が進んでいましたから、そろそろ、建て直そうと思っていたんですよ。火事になったからといって、それほどのショックじゃありませんよ」

と、明るい口調で、いうのである。

日下は、すぐ、用件を切り出した。

「五年前の三月十日に、静岡県下で、列車の人身事故が二件続けて、起きたことがありました。当時、連日のようにニュースをにぎわしていましたから、もちろん、宮崎社長も、よく、ご存じだろうと思いますが、その時の吉原新報の記事を、ぜひ、読みたいんです」

「刑事さんは、あの時のウチの新聞の記事を読みたいのですか？　それは、どうしてですか？」

宮崎が、興味を感じたといった顔で、聞く。

「実は、あの日、私はまだ刑事にはなっていなくて、大学の四年生で旅行中だったのですが、東海道本線の富士駅で人身事故があったのを知り、列車が止まってしまったので、吉原駅で降りたんです。吉原の町を観光して歩こうと思っていました。その後、岳南鉄道でたまたま出会った鉄道ファンの男性が、その日のうちに、大井川鐵道の駅でＳＬの写真を撮っていて、誤って線路に落ちたところを、入ってきたＳＬにはねられて亡くなりました。もちろん、宮崎さんは、この二つの事故を覚えていると思いますが」

「もちろん、覚えていますよ。ウチの新聞でも大きく扱いましたから」

「私の聞いたところでは、この二つを、地元の警察も、ほかのマスコミも、ただの人身事故として扱ったのに、宮崎さんの吉原新報だけは、殺人事件のように扱った記事を何度も載せた。そんなふうに、聞いたのですが、本当ですか？」

「私は、根っからのつむじ曲がりだから、もしかすると、刑事さんがおっしゃったような記事を、載せたかもしれませんね。しかし、何しろ、五年も前のことですからね。どんな内容の記事で、どのくらいの大きさだったか、詳しいことは、忘れてしまいましたよ」

宮崎は、意外に、謙虚ないい方をする。

「それで、五年前の事故を報じた吉原新報の記事を、ぜひ拝見したいと思っているのですが、今、こちらに、ありますか？」

日下が聞くと、宮崎は、小さく肩をすくめて、

「残念ですが、火事で、せっかく保管しておいた古い新聞記事のマイクロフィルムが、全部焼けて、なくなってしまったんですよ。申し訳ありませんが、ご覧に入れることはできません。本当に、残念なことをしました」

「では、どこにも、五年前の新聞記事は、保管していないのですか？」

日下が聞くと、

「ええ、どこにも保管されていませんね。残念なんですが、全部焼けてしまったんですよ」

と、いいながらも、なぜか、宮崎の顔は沈んでいなかった。

（この社長は、元々、ジャーナリストを志望したわけではなくて、金儲けの手段として新聞社の経営を始めたから、古い新聞がなくなっても、何とも思わないのかもしれないな）

日下は、そんなことを考えたが、全部焼けてしまったので、一部も残っていないといわれると、なおさら、その新聞記事を読みたくなった。

2

日下は、静岡まで行き、静岡の県立図書館を訪ねて、

「五年前の吉原新報が、こちらにありませんか？」

と、聞いてみた。

ここには、最近の吉原新報はあるが、一年以上前の古いものは、保管されていなかった。フィルムもないという。

理由を聞くと、係員は、

「静岡県の県下で発行されている新聞全部を取り寄せて、こちらで保管してあるわけじゃありません。できるだけ、送って頂いて、それを、フィルムに撮って保管することにしているんですが、吉原新報の場合は、最近まで、まったく提供してくださらなかった

んです。それで、ここには、古い吉原新報は一部もないんです」

と答えた。

あと、期待できるのは、国立国会図書館である。

国立国会図書館では、日本中で発行される新聞や雑誌、本のほとんどすべて集めて、保管していると聞いたことがあった。

日下が、その場から、国立国会図書館に電話をかけて聞くと、しばらく待たされてから、係員が、

「静岡県の吉原新報という新聞でしたら、こちらで全部マイクロフィルム化して、保管してありますよ」

と、いう。

（これでやっと、問題の吉原新報を読むことができるぞ）

日下は、嬉しくなった。

新幹線で東京に帰る途中で、日下は、十津川に電話をかけた。

ここまでの経緯を説明し、これから国立国会図書館に行ってみるというと、十津川は、

「私も興味があるから、国立国会図書館で、待ち合わせようじゃないか」

と、いってくれた。

東京駅からタクシーで、国立国会図書館に向かう。

中に入ると、十津川が先に来ていて、日下を待っていた。

最近の新聞、雑誌、あるいは、本は現物を閲覧できるが、少し前の新聞などは紙面を撮影したマイクロフィルムに収められているという。

五年前の吉原新報は、一年分ごとにマイクロフィルム化されていた。それをマイクロリーダーで読むことになる。

十津川と日下は、問題の人身事故を報道している三月十一日、十二日の二日間の記事をチェックすることにした。

その二日間の記事をプリントしてもらい、持ち帰って、ゆっくり、目を通すことにした。

二人は、記事のプリントを、捜査本部でほかの刑事たちと読んでいった。

最初は、事件の翌日、三月十一日の朝刊の記事である。

「静岡県下の鉄道で、二件の人身事故」

これが見出しである。そして、次のような記事が、続いていた。

〈昨日三月十日、静岡県下の鉄道で、奇妙な事故が起きた。同じ日に続けて二件の人身事故が起きたのである。

最初の人身事故が起きたのは、東海道本線の富士駅である。

下りの列車を待っていた乗客の一人、東京都在住の原口圭一郎さん、二十八歳が、ホームから線路上に転落し、入ってきた下り列車にはねられて、死亡した。

さらに、この日の午後になって、今度は大井川鐵道の大和田駅で、SL列車を撮影していたこれも東京都在住の小柴健介さん、二十九歳が、同じようにホームから線路上に転落し、入ってきたSL列車にはねられて、死亡したのである。

二人の被害者とも、東京在住の人間で、原口圭一郎さんは、会社勤めのサラリーマン。この秋には、結婚を予定している恋人がいたといわれている。

一方、大井川鐵道の無人駅でSL列車にはねられて死亡した、二十九歳の小柴健介さんは、アマチュアカメラマンで、日本中の列車、特にSL列車を撮影することを趣味にしていた。

この二つの人身事故について、静岡県警は、大井川鐵道で事故に遭った小柴健介さんの場合は、SL列車を撮ることに夢中になっていて、誤ってホームから転落してしまい、そこに、たまたま、SL列車が入ってきて、轢かれてしまったものと考えられるとしている。

しかし、東海道本線の、富士駅で死んだ原口圭一郎さんの場合は、殺人の可能性もあるため、事故と殺人の両面で調べていくつもりだと、警察当局は言明した。
吉原新報でも、一日に同じ静岡県下で、続けて二件の人身事故が起きるというのは、珍しいことであるし、疑問点もあるので、今後、興味を持って調査を続けていきたい〉
次は、同じ日、三月十一日の夕刊の紙面である。

「二つの人身事故に対する警察発表に疑問あり」


これが、夕刊の見出しだった。

そして、記事のほうは、次のようになっていた。

〈二つの人身事故について調べている静岡県警では、記者たちを集めて、次のような発表をした。

大井川鐵道の人身事故に関しては、他殺の可能性は少なく、事故と考えられる。SL列車を撮影することに夢中になっていたアマチュアカメラマンの小柴健介さんが、ホームから身を乗り出してカメラを構えているうちに、つい、足を踏み外して、線路の上に転落してしまった。

不幸なことに、そこに、撮っていたSL列車が入ってきたため、はねられて、死亡したと思われるからである。

東海道本線の富士駅の人身事故のほうは、依然として、事故と殺人が五分五分の可能性である。

ただ、亡くなった原口圭一郎さんを司法解剖した結果、かなりのアルコールが血液中に残っていることが分かった。これを重視すれば、酔っていた被害者が足をもつれさせてホームから転落して、列車に轢かれたものと考えられる。

殺人の可能性も、まだ、捨て切れないので、警察としては、どうして原口圭一郎さんがホームから転落したのかを探るために、目撃者探しに全力を挙げているといっている。

しかし、こうした警察発表に、わが社は大きな疑問を感じざるを得ない。

まず、大井川鐵道大和田駅での人身事故を、なぜ、簡単に、単なる事故として片付けてしまうのか？

なぜ、殺人の可能性を、最初から否定してしまうのか？

また、東海道本線富士駅の事故だが、警察は、事故と殺人の可能性は、五分五分と発表している。

しかし、わが社の記者が調べた限りでは、七分三分で、殺人の可能性のほうが高いと考えられる。

警察は、富士駅での事故を事故だと考える理由として、司法解剖の結果、亡くなった原口圭一郎さんの血液中から、アルコール分が検出された。つまり、当時、彼が酒を飲んでいたからだとしているが、別に酒を飲んで、車を運転していたわけではない。ほかの乗客と同じように、ホームで列車を待っていたのである。

酔っていれば、さらに悪酔いしていれば、ホームから線路に落ちる可能性よりも、その場に、倒れ込んでしまうのではないか？

そう考えると、殺人の可能性が強いと判断するほかはなく、今後、社を挙げて、目撃者の発見に努力するつもりである〉

続いて、事故の二日後、三月十二日の朝刊である。

「二つの人身事故のうち、富士駅の場合は明らかに殺人。大井川鐵道の場合も、殺人の可能性あり」

これが、見出しだった。

そして、記事は、こうあった。

〈わが社が、独自に調査をした結果、今回の人身事故について、重大な発見をした。

それは、東海道本線の富士駅で起きた人身事故についてである。

死んだ原口圭一郎さん、二十八歳は、間違いなく、何者かに突き飛ばされて線路に落ち、入ってきた列車に轢かれて死んだのである。

したがって、これは間違いなく、殺人事件である。

わが社が、なぜ、富士駅の人身事故を殺人事件と断定したのか？

それは、目撃者がいたのである。目撃者は、こう証言している。

下り列車が入ってくる直前、ホームの端にいた二十代の男性が、背後にいた若い女性に突き飛ばされるのを、はっきりと目撃した。そう証言する目撃者を見つけたのである。

ただ、その証人は、犯人からの報復が怖いので、身元を明かすことはできないといっている。

もちろん、このことを、わが社はすぐに静岡県警に報告したのだが、県警の捜査員は、すぐには信じようとはせず、とにかく目撃者を教えろと迫る。

しかし、わが社としては、証人の生命を守らなければならないので、身元を明かすことはできないというと、静岡県警は、それでは、この話は信用できないといって、人身事故だと断定するのである。

警察当局の頭の固さには、呆れざるを得ない。

　なお、富士駅の人身事故と同じく、大井川鐵道の大和田駅で起きた人身事故も、わが社としては、殺人事件の可能性が大いにあると考えている。

　そして、二つの事件が殺人事件であれば、犯人は同一人物だと断定して構わないだろう。

　わが社としては、静岡県警が、これらの人身事故が殺人事件であることを確認し、全力を挙げて犯人を逮捕するように要望する〉

　最後は、三月十二日の夕刊である。

「警察よ、目を開けて、事実を正視せよ。二つの人身事故は、間違いなく、殺人である」

　これが、十二日の夕刊の記事につけられた見出しである。

　そして、記事は、同じように過激な言葉で綴（つづ）られていた。

〈警察の頑迷さにも、ほとほと、呆れてしまう。どうして、目を見開いて、事実を見ようとしないのだろうか？

　一日に二件、それも、同じ静岡県内の鉄道で、同じく二十代後半の若い男が、続けて線路に落ちて死んだのである。こんな偶然があると、警察はどうして簡単に信じてしまうのだろうか？

いかにも不自然なのだ。普通に考えれば、絶対におかしいのである。

特に、富士駅で起きた人身事故については、今日の朝刊で報道したとおり、死んだ原口圭一郎さんを、ホームから突き落とした若い女性が、目撃されているのである。

明らかに、単なる事故ではなく、殺人事件なのだ。

それなのに警察は、こちらの話を信じようとはせず、目撃者を差し出せというばかりである。

目撃者は、犯人の報復が怖くて、身元を明かすことができないといっているのだ。わが社が何度説明しても、警察は理解を示さず、目撃者の身元が明かされないのなら、この人身事故を殺人事件であると考えるわけにはいかないと、主張するばかりである。

それどころか、死んだ原口圭一郎さんが酔っていたという、その一点だけを強調して、これは殺人ではなくて事故だと主張し、同じく、大井川鐵道の人身事故も、事故と断定した。

挙句の果てに、警察は、これ以上の捜査を中止すると発表したのである。

この明らかな殺人事件を、警察は、どうして、単なる事故として処理しようとするのか？　まったくもって不可解であり、納得できない〉

プリントされた、五年前の吉原新報の記事を読んだ刑事たちは、こもごも、自分の意見を口にした。

口火を切ったのは、亀井刑事だった。亀井は、こう発言した。

「この吉原新報の記事を読むと、五年前の二つの人身事故のうち一つを、確信を持って、これは、殺人事件であると、書いています。富士駅で起きた人身事故について、死んだ原口圭一郎という二十八歳のサラリーマンを、背後から突き飛ばした若い女性がいて、その目撃者がはっきりと証言しているのだから、間違いなく殺人だと、断定しています。新聞が、嘘をついているとは思えないのに、どうして、現地の警察が、単なる人身事故だと断定して、捜査を中止してしまったんでしょうか。それが分かりません」

「その点は、どうなんだ？」

と、十津川が、日下を見た。

「おそらく、静岡県警は、吉原新報のことを、まったく信用していなかったんだと思いますね。それ以外には、考えられません」

日下が、答えた。

「吉原新報は、地元の人に信用されていないのか？」

「社長は、宮崎という男ですが、単なる金儲けのために新聞社を買収して以来、自分の好き勝手な記事を、載せているようなんです。ですから、記事の内容が偏っているといって、多くの人々が、批判しています。この五年前の人身事故の時も、警察は、単なる列車による人身事故で、殺人の可能性はないといい、ほかのメディアも、同じ意見だったのですが、宮崎社長の率いる吉原新報だけが、これは殺人事件だと決めつけて、大々的に報道したんですね。その時、この新聞社にいて、記者として記事を書いたという柿沼という男に会って、当時の話を聞いたのですが、何の証拠もないのに、こんな記事は書けないと、社長に抗議したのだが、宮崎社長は、彼の言葉にまったく耳を貸さなかったそうです。それで、柿沼は、社長が信用できなくなって、吉原新報を辞めて、現在は、タクシーの運転手になっています」

「しかし、東海道本線の富士駅での事故については、原口圭一郎が、若い女性に背後から突き飛ばされるのを見たという目撃者がいる。そういう記事になっているよ」

「ええ、なっています」

「目撃者がいるのなら、殺人だと書いても、許されるんじゃないかね？」

「目撃者がいるというのも、信用できない。本当に目撃者がいるのかどうかも怪しいという人が、読者のなかには多いんですよ。宮崎社長が、誰かから金をもらって、無理やり殺人だという記事をでっち上げたという人までいるんです。宮崎社長は、こういうセンセーショナルな記事を載せれば、金が儲かるんだといっていたそうですから」

「宮崎社長は、誰かから金をもらって、自分の新聞で単なる事故を、殺人事件と断定した記事を載せたというのかね？」

「ええ、そうです。いろいろと話を聞いてみると、どうやら、このことは本当らしいのです」

と、日下が、いった。

「君は、実際に、宮崎社長に会ったんだな？」

「ええ、会いました。会って、いろいろと話を聞きました」

「彼に会って、話を聞いてみて、どう思ったね？」

「今日、宮崎社長に会ったんですが、昨夜、たまたま、吉原新報の入っているビルで火事がありましてね。ビルが焼け落ちてしまったんです。宮崎社長は、さぞガッカリして、落ち込んでいるだろう。そう思いながら、宮崎社長に会ったんですが、これが拍子抜けで、全然といっていいほど、落ち込んでいないんですね。というよりも、むしろ楽しそうな様子で、私の質問に、テキパキと答えてくれましたよ。古くなってしまっていたビルだから、建て直そうと思っていたので、火事で焼けてかえってサッパリしたと、宮崎社長はいっていました。私は、五年前の三月十日の、人身事故を報じた吉原新報の古い新聞を読みたいので、見せてもらえないかと頼みました」

「そうしたら？」

「ところが、昨夜の火事で、保管しておいた古い新聞のマイクロフィルムは、全部、燃えて、灰になってしまった。だから、見せることは不可能だというんですよ。私が引っかかるのは、全部焼けてしまったといいながらも、宮崎社長が、何となく、嬉しそうだったことです。私には、どうも、宮崎社長が、五年前の新聞が燃えてしまったことを、喜んでいるように見えました」

「もし、社長が喜んでいたとすると、どうして喜んでいたんだろう？」

「今、われわれが見た新聞記事は、噂にもなっていたように、宮崎社長が、誰かに、金をもらって書いたものだと思うんですよ。彼自身これは殺人事件なんかではない、単なる人身事故だと分かっていたのに、金儲けのために、殺人事件だと書いたんですよ。五年後の今になって、その新聞記事が公になるのがイヤだったんでしょう。ジャーナリストなのに、デタラメな記事を書きやがってと、批判されますからね」

「待ってくれよ。今、われわれが読んだ二日間にわたる新聞記事は、全部、デタラメだというのかね？」

十津川は、半信半疑で、日下にいった。

「どうなんだ？」

亀井も、日下に聞く。

「今もいいましたように、吉原新報の地元での評判は、よくありません。吉原新報の記事は信用できないといわれていますし、社長の宮崎個人についても、信用のできない人物だといわれています。それに、地元の人たちは、あの記事は、金儲けのために単なる人身事故を、殺人事件だと書いたんだとも、いっています。ああ書けば、それが金になるんだと、宮崎社長自身がいっていたことは、本当らしいのです」

「すると、われわれが、今、読んだ新聞記事は、全部、デタラメということになってくるじゃないか」

「それがどうも、簡単には断定できないのですよ」

「どうしてだ？」

「私は五年前、大井川鐵道の大和田駅で死んだ小柴健介というアマチュアカメラマンと、たまたま会って、言葉を交わしているんです」

「それは、知っているが、だから、どうなんだ？」

「彼はアマチュアカメラマンで、大和田駅でＳＬの写真を撮ることに夢中になっていました。しかし、彼がＳＬの写真を撮ることに夢中になっていて、ホームから転落し、入ってきたＳＬにはねられて死んだというのが、私には、どうにも、信じられないのですよ」

「しかし、写真を撮ることに熱中して、ホームから落ちることはあり得るだろう？」

「確かにないとはいえません。しかし、彼と話をしたのですが、アマチュアとはいえ、もう、何年も、ＳＬを含めて、さまざまな鉄道写真を撮り続けているといっていました。したがって、どうすれば危険かということも、よく分かっていたと思いますし、撮影に夢中になってしまって、ホームから落ちるなどという、初心者のようなミスは、絶対にしないと思うのです。そんな小柴健介が、ＳＬを撮ることに夢中になって、ホームから落ちたなんてことは、どうにも、信じられないのです。それに、あの日は、ウィークデイでしたし、大和田駅というのは、無人駅で、ホームには人がおらず、何が起こっても目撃者はいないという状況だったでしょう。小柴健介の、事故には、首を傾げてしまうのです」

「じゃあ、君は、小柴健介も、殺されたと思うのかね？」

「いや、これといった証拠があるわけではありません。それでも、殺人の可能性もあるのではないかと、考えています」

「東海道本線の富士駅で起きた人身事故のほうは、どう思っているんだ？　吉原新報は、金をもらって、殺人だという記事をでっち上げたようだが」

十津川が聞いた。

「宮崎社長が、金儲けのために、殺人と断定する記事を載せたと聞いた時は、これは、デタラメな記事に間違いないだろうと、思いました。しかし、別の考えもあると思うのです。原口圭一郎は、二十八歳のサラリーマンで、秋には結婚する予定の恋人がいたらしいのですよ。そのうえ、ウィークデイです。それなのに、原口圭一郎は、どうして、一人で富士駅にいたのでしょうか？　それに、事故が起きたのは、三月十日の午前中なんです。朝から、原口圭一郎が、どうして、酔っぱらうほど酒を飲んでいたのか、それも不思議です。確かに、吉原新報の記事は、金儲けのために書いたのかもしれませんが、原口圭一郎が、今いったように、なぜ、一人でいたのか。なぜ、朝から酔っぱらっていたのか。私には、それが、不思議で仕方がありません。そう考えると、吉原新報が報道しているように、原口圭一郎も、小柴健介も、あの日、列車事故に見せかけて、殺されたのかもしれません」

と、日下が、いった。

亀井が、十津川を見た。

「警部は、今後の捜査を、どう進めるつもりですか？」

「われわれは今、音楽事務所の社長、三原肇、四十歳が殺された事件を捜査している。問題は、三原肇殺しと、神木倫太郎のひき逃げ、さらには五年前の静岡県下で起きた二つの人身事故が、関係があるかどうかということだ。もし、関係がなければ、五年前の二つの人身事故が事故でも殺人事件でも、捜査するのは、あくまでも静岡県警の仕事で、われわれには関係がない」

十津川は、そういったあとで日下に眼をやった。

「それについては、日下君の意見を聞きたいな。君は、われわれのなかで、五年前の事件と、一番、関係があるからね。その君から見て、二つの事件は結びつくかね？」

日下は、慎重に、言葉を選んで答える。

「五年前に、静岡県下で起きた人身事故ですが、私は、この時、吉原駅のそばの喫茶店『赤富士』で、コーヒーを飲んでいました。その喫茶店は、神木倫太郎と恭子という夫婦がやっていたのですが、私は、夫婦に、観光するとしたら、吉原のどこを見たらいいかを、教えてもらったのです」

「その時、店に若い女性が、一人いたわけだな？」

「そうです。彼女は、店のオーナーの神木倫太郎に、岳南鉄道のことを盛んに聞いていました。吉原本町という駅があるかとか、そこに行くには、どうしたらいいのかと彼女は聞いていて、オーナーの神木倫太郎が、丁寧に答えていました。若い女性は、店を出ていったのですが、私は、彼女の声は聞きましたが、顔は、見ていません。私は、吉原には、面白い左富士神社というのがあると知りましてね。昔の東海道では、この辺りで、富士山が右手から左手に見えるようになる。それで、左富士神社というのがあるそうなんです。私は、その神社に行ってみたくなって、旧街道を歩いていきました。しばらく歩いていくと、確かに、左富士神社というのが、ありましてね。その近くに岳南鉄道の吉原本町駅もありました。ああ、ここがさっき、若い女性が、喫茶店のオーナーに聞いていた岳南鉄道の駅だなと思いながら、ホームに上がっていくと、そこに、小柴健介がいたのです。小柴健介は、これから金谷から出ている大井川鐵道に乗って、SLの写真を撮るつもりだといっていました。そのあとになって、小柴健介が大井川鐵道の大和田駅で、事故で死んだことを知ったのです。五年経って、喫茶店『赤富士』のオーナー、神木倫太郎が、銀行に行った帰りに自転車に乗っていて、スポーツカーにはねられて、死亡しました。そのスポーツカーを運転していたのが、どうやら東京で殺された三原肇らしいのです。私の頭の中では、どうしても、五年前の二人の人身事故と、五年後の殺人事件とが、繋がってしまうのです。証明するものがあって、繋がっているというわけではありません。これは、刑事としての、私の勘です」

と、日下が、いった。

「問題は、日下刑事が、五年前に声だけを聞いたという女性の存在だな。何となく、気になる女性だ」

と、十津川が、いった。

「どうなんだ？」

亀井が、日下を見る。

「実は、私にも、よく分からないのですよ。私は、五年前の三月十日に起きた、静岡県下の人身事故二件は、殺人事件ではないかと考えています。あの二件が殺人事件だとすると、声だけ知っている女性が、殺人に関係しているのではないかと思います。彼女が殺人に関係しているとすると、喫茶店『赤富士』のオーナー、神木夫妻は、彼女の顔を見ているのです。私は声だけですが、オーナー夫妻は、彼女の声も聞いているし、顔も見ています。つまり、オーナー夫妻は、殺人に関係している女性の顔を、見ているということになります」

「そうだとしても、五年前のことですよ」

と、いったのは西本刑事だった。

「五年前だから、どうなんだ?」

十津川が、西本に聞く。

「日下刑事がいうように、五年前の二つの人身事故が、殺人事件だったとすると、喫茶店にいた問題の女性が、二つの殺人事件に何らかの形で絡んでいる。そこまでは、事実だとします。しかし、喫茶店のオーナー、神木倫太郎が、自動車事故に見せかけて殺されたとしても、どうして、五年もの間、何も、事件が起きなかったのでしょうか? 私には、そこが、不可解です。日下刑事のいう若い女性が、自分の顔を、喫茶店の神木夫妻に見られてしまった。そのために、オーナーの神木倫太郎を殺したとします。それも、スポーツカーを持っている三原肇に頼んで、殺させたとします。しかし、なぜ、五年間、何もせず、神木夫妻を放っておいたのでしょうか? 神木夫妻が五年間、姿を消していたわけでもないのにです」

　と、西本が、いった。

「東京で殺人事件が起きたあと、私は、五年ぶりに吉原に行き、喫茶店『赤富士』にも行ってみました。オーナーの神木倫太郎さんは、すでに自動車にはねられて死んでいたので、奥さんに会って、この五年間の間に、何か、危険な目に遭ったことがありますかと、聞いてみました」

　日下が、いうと、十津川が、

「そうしたら、どんな答えが返ってきたんだ？」

「一度も遭ったことはないと、奥さんは、いいました。その時に、奥さんは、こんなことも、いったんですよ。ご主人の神木倫太郎さんは、自転車で銀行にお金を下ろしに行って、帰ってくる途中、車にはねられて死んでしまったが、本当は、奥さんが、銀行に行くはずだったんだそうです。奥さんに、別の用事ができてしまって、代わって、ご主人が銀行に行くことになったといいます。つまり犯人は、殺す相手としては、夫婦のどちらでも、よかったんじゃないかということになってきます」

「その点は、君のいうとおりだ」

「次に考えたのは、五年前に声だけを聞いた喫茶店の女性客のことです。彼女は、オーナーの神木倫太郎さんだけではなくて、奥さんにも、顔を見られているわけです。もし、彼女が、五年経った今、自分を目撃した人間を消してしまいたいと思ったとすると、その相手は、神木夫妻の二人であって、夫だけとか、奥さんだけということはないんじゃないかと思うのです」

「犯人は、五年後の今になって、急に、喫茶店のオーナー夫妻を殺さなければならない必要ができたというわけだな」

亀井がいうと、日下は、うなずいて、

「はい、そうです」

「分かった。それでは、これから、どう捜査を進めていったらいいか、それを考えてみようじゃないか」

十津川は、改めて、刑事たちの顔を見まわした。

「問題は、二つですね」

亀井が、今までの話をまとめるような形で、いった。

「第一は、静岡県内の鉄道で起きた五年前の二つの人身事故と、五年後に東京で起きた殺人事件が、関係があるかどうかということです。

もし、結びついているとすれば、どのような形で結びついているか。これが、第一の問題ですね。第二は、これまでの五年間に、いったい、何があったのか？　何もなかったのか？　それを調べ直す必要があると思います」

「五年前の事故といっても、二人とも、五年前に列車にはねられて、死んでしまっているんだぞ」

　十津川がいうと、

「一人だけですが、生きている人がいますよ」

と、日下が、いった。

「喫茶店で、君が声だけを聞いたという例の女性か？　しかし、彼女の身元は、依然として分からんのだろう。どうやって、探すんだ？」

　十津川が、聞いた。

「他にも、もう一人、女性がいます。東海道本線の富士駅で死んだ原口圭一郎には、その秋に、結婚する予定になっていた恋人がいました」

「なるほど、その女性がいるな。その女性についても調べてみることにしよう。原口圭一郎が死んでしまったあと、彼女がどうしていたのか。現在は、どうしているのか、それを至急、調べてみよう」

　原口圭一郎の恋人だった女性を探す仕事は、西本と日下の二人に任されることになった。

　二人は、五年前に富士駅で死んだ原口圭一郎について、調べることから始めた。

　当時、原口圭一郎は、二十八歳。東京駅の駅前に本社があるＮＳ商事の、営業第三課の係長だった。

3

二人の刑事は、NS商事の本社に向かった。東京駅前の高層ビルの中にある会社である。

二人は、NS商事の人事課に行き、五年前に死んだ原口圭一郎について、人事課長に聞くことにした。

人事課長は、二人の刑事に向かって、

「あの時のことでしたら、今でも鮮明に覚えていますよ。何しろ、原口圭一郎君は、わが社でも将来を期待されたエリート社員でしたからね。彼の死は、会社にとっても、大きな損失でした。あの日はウィークデイで、彼は確か、休みを取っていたんです。休暇の理由は、忘れましたが、あの日の午後になって、原口圭一郎君が東海道本線の富士駅で亡くなったと聞かされてびっくりしました。知らせてくれたのは、静岡県警の刑事さんでした」

「原口圭一郎さんには、その年の秋に、結婚する予定になっていた恋人がいたと聞いたのですが、彼女のことは、何か分かりますか？」

西本が聞くと、人事課長は、

「井口さんのことですね。井口美奈さんですよ」

と、あっさり、答えてくれた。

「彼女のことを、どうして、ご存じなんですか？」

「実は、私たち夫婦が、結婚式の仲人を頼まれていましてね。それで、よく知っているんです」

「なるほど。その井口美奈さんですが、どういう女性ですか？」

「ええ、彼女も、このNS商事の社員でした。管理課に在籍していて、当時は、確か二十六歳でしたね。原口君とは、二歳違いだったと聞いていましたから」

「その後、井口美奈さんは、どうしているか、分かりますか？」

日下が、聞いた。

「原口君の事故は、彼女にとっても、大変なショックだったと思いますね。事故のあとは、落ち込んでしばらく休んでいました。ただ、二十代と若かったですから、一年後には、結婚しましたよ。結婚して、会社を辞めて、今は、専業主婦になっていると聞いています」

「彼女が結婚した相手も、NS商事の社員ですか？」

「いいえ、違います。私が、聞いたところによると、何でも、ご両親の勧めで、見合いした相手だそうですよ」

「現在の彼女のことを知りたいのですが、誰に聞いたらいいですかね？」

「井口美奈さんが、今、どこに住んでいるのかは分かりませんが、独身の時の彼女の住所なら、分かります。確か、ご両親と一緒に住んでいたはずですから」

人事課長は、ロッカーからファイルを取り出すと、そこに書いてあった住所を教えてくれた。

杉並区和泉×丁目×番地×号、井口文具店となっていた。

「井口美奈さんの両親の家、つまり、実家ですね？」

「ええ、そうですよ。ご実家です。そこでお聞きになれば、現在の井口美奈さんのことが、いろいろと、分かると思いますよ」

と、人事課長は、教えてくれた。

二人は、すぐに、教えられた井口文具店に向かった。京王井の頭線永福町駅近くにある店だった。

二人の刑事は、井口美奈の両親に会った。

両親に警察手帳を見せ、五年前に事故で死んだ原口圭一郎のことを、調べているといったあと、

「NS商事の人事課長さんにお聞きしたところ、美奈さんは、すでに、結婚されている

ということですが、今、どこに住んでいらっしゃいますか？」

西本が、聞くと、母親が、

「はい、娘は結婚して、三鷹の深大寺近くのマンションに、住んでおります」

「ご主人は、何をなさっている方ですか？」

「M&Sというスーパーで、品質管理の仕事をやっていると、聞いています」

M&Sというスーパーは、全国に何十店舗ものチェーン店を持っている大手である。

二人の刑事は、母親に、娘の美奈に電話をしておいてもらってから、パトカーを走らせて、深大寺のそばにあるマンションに、向かった。

井口美奈、現在の姓は、鈴木になっているから、鈴木美奈である。

二人の刑事が訪ねていった時、夫のほうは、まだ、会社から帰っていなかった。

美奈は、一歳にも満たない赤ん坊を抱いて、西本たちを迎えた。

五年前は、二十六歳だったから、今は、三十一歳になっているはずである。

「現在、われわれは、五年前に、事故で亡くなった原口圭一郎さんのことを調べています。それで、こちらにお伺いしたのです」

と、日下は、いった。

案の定、美奈の表情が、一瞬、緊張した。暗くなったといってもいい。

「あなたに、今、こんなことをお聞きするのは、大変申し訳ないのですが、五年前、原口圭一郎さんが、東海道本線の富士駅で事故に遭って亡くなった時は、さぞかし、ビックリされたでしょうね？」

日下が、聞いた。

「ええ、何しろ、原口さんは、結婚の約束までしていた人でしたから、あの時はショックが大きくて、正直なところ、私も、死にたくなりました」

と、美奈が、いう。

「あの日、原口圭一郎さんは、一人で富士駅に行っていましたね？　富士駅へ行くということは、あなたも、知っておられたんですか？」

「いいえ、知りませんでした。あの日は確か、ウィークデイで、彼が、休暇を取っていたことも、知らなかったんです。ですから、なおさらビックリしてしまって」

「ということは、原口さんは、あなたには何も知らせずに、休暇を取って富士駅に行っていたということですか？」

「ええ、そうですけど」

「事故から一年後に、ご両親の勧めるお見合いをして、結婚されたということですが」

「ええ、原口さんの事故のことで落ち込んでいる私を見て、両親が心配したんでしょうね。盛んに、見合いを勧めたんです。結婚した鈴木は、遠い親戚に当たる人なんですよ。前から、よく知っているので両親が勧めるままに、結婚しました」

「結婚されて、お子さんが、できたわけですね？」

「ええ、去年の十月に、長女が生まれました」

「今、五年前のことを考えると、どんな気分になりますか？」

「最近になって、やっと、冷静に考えることができるようになりましたけど、それまでは、なかなか割り切ることができなくて、とにかく、早く忘れよう、考えまいとしていました」

「原口圭一郎さんは、あの日、東海道本線の富士駅で、人身事故に遭われたのですが、誰かに突き飛ばされて、ホームから線路に落ちたのではないかという人もいるのです。どう思われますか？」

「事故のあと、確かに、そんなことをいう人がいたことは知っていますが、本当の話なのかどうか、私には、分かりません」

　美奈が、素っ気なく、いった。

「原口圭一郎さんは、どこのお生まれですか？」

「岐阜の生まれです。今も、ご両親は、岐阜に住んでいらっしゃるはずです」

「原口さんのご両親に、最近、会われましたか？」

「いいえ、五年前、結婚を約束していた頃は、原口さんが私を、岐阜に連れていって、ご両親に紹介してもらったこともありますけど、彼が亡くなってからは、会わないことにしているんです。ご両親を、悲しませるだけだと思いますから。少なくとも、事故のあとは、一度もお会いしていません」

と、美奈が、いった。

「五年前でも、そのあとでもいいのですが、美奈さんは、吉原駅に行ったことがありますか？　東海道本線の富士駅の一つ手前にある駅ですが」

「いいえ、一度も、ありません。事故の前にも行ったことはありませんし、事故のあとは、彼が亡くなった方向には、なるたけ、行かないようにしているんです」

「美奈さんは、岳南鉄道に、乗ったことはありますか？」

「岳南鉄道ですか？　岳南鉄道って、いったい、どういう、列車なんですか？」

「富士山の近くを、走っている、小さな地方鉄道です」

「いいえ、乗ったことは、ございませんわ」

と、美奈が、いった。

（旧姓、井口美奈、現在、鈴木美奈となっている、原口圭一郎のかつての恋人である、この女性は、今年になって起きた殺人事件と、果たして関係があるのだろうか？）

日下は、そう思った。

第五章　占　星　術

1

　五年前に死んだ、原口圭一郎の恋人を見つけ出し、会って話を聞いた。

　しかし、捜査に役立つようなことは、何も聞くことができなかった。当時の名前は、井口美奈、現在、鈴木美奈となっている女性は、五年前の事件には、まったく関係がないのかもしれない。

「何だか、糸が、プッツリと切れてしまった感じだな」

　西本が残念がると、日下が、

「もう一人、見つけ出して、話を聞きたい人間がいる」

と、いった。

「誰だ？」

「俺は五年前、問題の事故の直後に、ある男に、尾行されたことがある」

「その話は、前に聞いたよ。確か、私立探偵か、興信所の人間らしいというんだろう？」

「俺が住んでいたマンションに、興信所の人間だという五十代の男が来て、俺のことを調べていったり、例の事故のあと、俺は『青春18きっぷ』を使って、京都や九州などに行ったんだが、そのとき京都では、ずっと、三十代の男に尾行されていたんだ。名前は小原洋之といったがたぶん、偽名だろう」

「その小原洋之という男が、事故に関係があると思うんだな？」

「ああ、そうだ。それ以外に、俺が尾行される理由がない」

「だが、小原洋之というのは、偽名だと思うんだろう？　それに、五年前の話だから、その男、見つかるかな？」

「顔は、よく覚えているんだ。五年経っても、あの顔は、絶対に忘れない。それに、私立探偵か、興信所、そんなところに勤めていたのは、まず間違いないんだ」

「十津川警部に話をして、その男を探してみようじゃないか」

と、西本が、いった。

捜査本部に戻ると、西本が、十津川にこのことを話し、問題の男を探すことになった。

日下が、五年間覚えていた問題の男の容貌、背格好、年齢などを書きつけ、小原洋之という名前は偽名らしいが、本名もその名前と、どこかで関係があるのかもしれない。どこか似ているのではないかということを、捜査員に知らせた。

また、五年前に、東京都内の私立探偵社か、興信所かに勤めていたか、あるいは、辞めたかした、そういう男を調べてほしいと、十津川の名前を使って、東京都内の主だった私立探偵社、興信所に要望のファックスを送った。

翌日から、回答が寄せられてきた。

そのなかで、捜査本部が注目したのは、四谷（よつや）にあるジャパン探偵社からの回答だった。ジャパン探偵社は、日本でも大手の探偵社である。

そこから送られてきたファックスには、こうあった。

「当社には、現在、百二十名の男女の私立探偵がおります。

六年前、小野木洋介（おのぎようすけ）という優秀な私立探偵がおり、その捜査力や行動力、あるいは、尾行などの技術は、社長も、大いに買っていたのです。

しかし、ある時、依頼されていた素行調査で、調査対象の男性に、五百万円をよこせば、この調査はないことにしてやるといって脅迫し、危うく、警察沙汰になるところでした。

当社はすぐ、小野木を懲戒解雇にしたのですが、その後、彼は、一人で私立探偵社を始めました。

六年前には、三十歳でしたから、現在は三十六歳になっているはずです。背格好、容貌などは、そちらからいただいた資料に、よく似ています。

現在、小野木洋介が、どこで、何をやっているのか、残念ながら、当社ではつかんでおりません。六年前の写真がありますので、そちらにお送りします」

その後、ジャパン探偵社から送られてきた写真を見て、日下は、十津川に、

「確かに、よく似ています」

と、いった。

小野木洋介という名前も、小原洋之という偽名のなかに、同じ漢字が二つ入っていて、何となく似ている。ただ、現在、東京都内に小野木探偵事務所という名前の探偵社は、存在しなかった。

「このジャパン探偵社からの報告を信用するなら、五年前には、小野木洋介は、自分一人で、東京都内に私立探偵の事務所を構えていたんだ」

十津川が、日下に、いった。

「ひょっとすると、この男も、殺されているんじゃないか？」

西本が、日下に、いう。

日下は、言下に、

「いや、それはないよ」

「どうして、ないんだ？」

「この男は、殺すことはあっても、殺される人間じゃない」

「どうして、それが分かるんだ？」

「あの眼だよ。五年経った今も、俺は、あの男の眼が忘れられないんだ。あれは、どう見たって、殺す眼だよ。被害者ではなく、加害者の眼だ」

と、日下が、いい切った。

十津川が、日下に向かって、

「君は、この小野木洋介が、今でも、私立探偵をやっていると思うのか？」

「おそらく、今でもやっていると思います」

「どうして、今でも、同じ私立探偵をやっていると思うんだ？」

「ジャパン探偵社の話によると、六年前、ある男性の秘密を握り、それをネタに、五百万円をゆすろうとしてクビになっています。この男は、前にも同じようなことをやったんじゃないか、と思うのです。元々、私立探偵というのは、人の秘密を探る仕事ですから、ゆすろうと思えば、いくらでもゆすれるんです。真面目に、私立探偵の仕事をやっていれば、月に、せいぜい三十万円ぐらいの収入しかないでしょう。ところが、調べ上げた秘密をタネにゆすれば、五百万でも六百万でも、手にすることができます。それも、簡単にです。こういう男は、一回でもその味をしめたら、何回でもやりますよ。おそらく、ジャパン探偵社をクビになる前にも、何回か、同じようなゆすりをやっていたんじゃないかと思いますね。そうならば、今でも、同じことをやっているんじゃないでしょうか？　人の秘密を調べ上げ、それを報告して、地道に信用を得るのではなくて、前と同じように、人の秘密をネタに、相手をゆする。そういうことを、今でもやっているに違いないと思います」

「しかし、東京都内に、小野木探偵事務所というのは、ないんだぞ。それを、どう考えるんだ？」

「ここに来て、五年前の事故が原因になっていると思われる殺人事件が、二件続けて、起きています。それで、この小野木洋介が、自分にも火の粉が飛んでくるかもしれない。そう考えて、別の名前に変えたのかもしれません。例えば、小野木探偵社ではなくて、新東京探偵社とか、平成探偵社とか、どんな名前でも、自由につけられますから」

日下が、いった。

「しかし、名前が分からないのでは、探すのが難しいだろう？」

「私は、橋本(はしもと)君に、探してもらおうと思っています」

と、日下が、いった。

2

橋本は、日下や西本と同期で、捜査一課の刑事だったが、事情があって警視庁を辞め、現在は、都内で、私立探偵をやっている男である。

「そうか、小野木洋介という、今年三十六歳の男か」

橋本は、電話の向こうで、独り言のようにいってから、

「君は、今も、この男が、私立探偵をやっていると、思っているんだな？」

「ああ、そう思っているよ。今も、私立探偵をやりながら、相手の秘密を嗅ぎつけて、ゆすりをやるような、そんな男だと思っている」

「そんな男なら、自然と悪評が聞こえてくるかもしれないな。何か分かったら、すぐに、知らせるよ」

橋本が、いってくれた。

翌日朝早く、橋本から返事があった。

日下が、電話に出ると、

「見つけたよ」

いきなり、橋本が、いった。

「いたのか、小野木洋介が」

「いや、名前は違っている」

と、橋本が、いった。

「名前が違うというのは、どういうことなんだ？」

「横浜の中華街に、村越泉賢（むらこしせんけん）という男がやっている、中国占星術の店が、あるんだ」

「ちょっと待ってくれよ。村越じゃ名前も違うし、私立探偵ではなくて、中国占星術の店というんじゃ、ずいぶん違うじゃないか」

「まあ、聞けよ」

と、橋本は、日下を制してから、

「個人の私立探偵の集まりがあってね。その事務所に行ってみたんだ。そこで、君の話をして、こんな私立探偵の噂を、耳にしたことがないかどうか聞いてみたんだ」

「そうしたら何がわかったんだ？」

「集まりのなかの一人で、現在、六十歳の還暦を迎えていて、今も私立探偵をやっているベテランの人がいてね。この世界じゃ、生き字引みたいな人だが、その人に聞いたら、二年ほど前に、個人で私立探偵をやっていて、一千万円を恐喝しようとして、警察に捕まった私立探偵が、いるというんだよ。確か一年の判決を受けたんだが、二年の執行猶予で、刑務所には入らなかった。その後、東京から姿を消して、噂では、横浜の中華街で、中国占星術の店を出している。名前を聞いたら、村越泉賢という個人名でやっているというんだ。確かに、名前は違うんだが、この男は、君が探している男に、よく似ているといわれてね。年齢も今年三十六歳だというから、ぴったり一致するんだ」

「それでは、その、村越泉賢という男に会ってみる」

と、日下が、いった。

日下は、西本と二人、十津川に許可を取って、横浜の中華街に出かけていった。

横浜の中華街は、色鮮やかな関帝廟（かんていびょう）がある、賑（にぎ）やかなところである。

その店は、一階が中華料理の店で、二階に、「中国占星術　村越泉賢」という看板が、かかっていた。

しかし、今日は、店が閉まっていた。

二人の刑事は、一階にある中華料理の店で、二階のことを聞いてみることにした。この店は、奥さんが日本人で、彼女が答えてくれた。

「そういえば、二階の先生は、ここ一週間ほど、ずっと休んでいて、姿が見えませんね」

と、いう。

日下が、ジャパン探偵社がくれた小野木洋介の写真を、彼女に見せた。

「村越泉賢という人は、この写真の人と、似ていますか？」

「ええ、似ているけど、もう少し、老けた感じですよ」

奥さんが、いう。

「それはいいんです。これ、六年前の写真ですから」

と、いってから、日下は、

「村越泉賢さんの本名は、小野木洋介というのではありませんか？」

「小野木洋介さん？　いいえ、村越泉賢さんですよ」

「しかし、その村越さんは、中国の占星術の先生なんでしょう？　占いの方には、いわば芸名のようなものが、あるんじゃありませんか？」

西本が、聞くと、

「いいえ、芸名じゃありませんよ。村越さんというのは、本名ですよ」

「そうですか」

と、ガッカリしながらも、日下は、

「その村越さんですが、以前は、東京で私立探偵を、やっていらっしゃったことがありませんか？」

「私立探偵だったかどうかは、分かりませんけど、東京から横浜に来たのは、そのとおりですよ」

「東京にいる時、刑事事件を起こしたということは、聞いていませんか？」

「詳しい話は、聞いていませんけど、何かの時に村越さんから、東京から逃げてきたんだと、聞いたことがありますよ」

と、奥さんが、いった。

「村越さんが、どこに住んでいるのか、ご存じですか？」

「この二階ですよ。二階が、事務所兼住居なんです」

「とすると、どこかに出かけていらっしゃるわけですか？」

「そうですよ。たぶん、ご夫婦で、旅行にでも、行ってらっしゃるんじゃありませんか？」

「奥さんがいるんですか？」

「そりゃ、そうですよ。もう、三十六歳なんですよ。奥さんがいたって、おかしくないじゃないですか」

「あなたは、村越さんに、中国占星術で見てもらったことが、ありますか？」

「ええ、何度か、見てもらったことがありますよ」

西本が、聞いた。

「どうですか、当たりましたか？」

続けて、西本が聞くと、相手は、笑いながら、

「そうですね、当たるといえば、当たりますけど、二階のお店は、どちらかというと、

村越先生よりも、奥さんのほうが、よく当たると私は思いますけどね」

そばから、中国人の店の主人が、

「そうだよ。私も、先生よりも、奥さんのほうがよく当たると思う。これ、間違いないね」

「村越さんの奥さんも、中国占星術をやるんですか？」

「ええ、もともと、奥さんのお父さんというのが、中国占星術の偉い先生だったそうですから。二年ほど前に、亡くなりましたけどね」

それを聞いて、日下はホッとした。思わず、ニッコリして、

「二階の村越先生というのは、中国占星術の大先生のところに、婿に入ったんじゃありませんか？　それで、姓が変わったんじゃありませんか？」

「ええ、そうですよ」

「それで分かりましたよ」

日下が、また、ニッコリした。

「分かったって、何がですか？」

奥さんが、首を傾げている。

「婿に来たので、村越という名前になったんですよね。その前は、小野木という名前じゃありませんか？」

「その辺のところは、よく知りませんけど、何でも二年前、東京にいる頃、結婚して、それからこちらに来たみたいですよ」

二年前といえば、小野木洋介が、個人で私立探偵をやっていて、刑事事件を起こし、執行猶予付きの刑を受けた時である。

そのあと、小野木の名前では商売ができなかったろうが、たまたま知り合った、中国占星術の村越という大家のところに、一人娘がいたのだろう。そこに、婿に入ったのかもしれない。

婿に入って、名前が変わった。横浜に来て、義父の大先生が死んだので、小野木は、村越泉賢という名前で、中国占星術の店の主人になった。そういうことではないのだろうか？

「大先生が、亡くなったとすると、現在、上に住んでいらっしゃるのは、ご夫婦だけですか？　お子さんは、いないのですか？」

「ええ、お子さんはいません。お二人だけですよ」

「ご夫婦の写真は、ありませんかね？　どんなものでも、結構なんですが」

日下が、聞いた。

「さあ、どうだったかしら？　二階のご夫婦の写真、あったかしら？」

奥さんが、店の奥にいる主人に、聞いた。

「確か、今年の正月に撮った写真が、あるはずだよ」

中国人の主人がいって、店の奥に行って、探してくれた。

五分ほどすると、旧正月に撮ったという写真を見つけてきて、二人の刑事に見せてくれた。

日下は、それを見て、

「この奥さん、ずいぶん美人ですね。それに、背が高いほうですね」

中華料理店の奥さんは、

「そうなんですよ。村越さんの奥さんは、大変な美人で、そのうえ、何となく宝塚（たからづか）の男役みたいな感じで、素敵な人なんですよ」

と、笑った。

「村越さんの奥さんは、いくつだか分かりますか？」

「ご主人の村越さんは、三十六歳、奥さんのほうは、ご主人より二歳か、三歳若かったと、思うんですけど」

「最後にお聞きしたいのですが、村越夫妻ですが、いつ、どこで、どんなふうに、知り合ったんですかね。そのことを、お聞きになったことがありますか？」

日下が、聞いた。

「そういう話は、一度も、聞いたことがありませんね」

と、いう。

日下は、中華料理店の夫婦に頼んで写真を借りて、捜査本部に戻った。

日下は村越夫婦の写真を、十津川に見せて説明した。

「この村越泉賢という、中国占星術の占い師が、五年前、私を尾行して悩ませた、小野木洋介に、間違いないと思います。小野木洋介は、大手のジャパン探偵社に勤めていたのですが、客から調査を頼まれながら、調査した相手の秘密を握り、それをネタに、脅迫しようとして、ジャパン探偵社をクビになりました。その後、一人で、探偵社をやっていました。五年前の事故のあった頃です。そして、同じような脅迫事件を起こし、今度は警察に逮捕され、懲役一年、執行猶予二年の判決を受けました。これが、今から二年前です。そのため、小野木洋介の名前では仕事ができなくなり、当時、中国占星術の大家といわれていた村越泉将の一人娘、幸恵と結婚しました。婿養子に入ったので、苗字が小野木から、村越に変わりました。村越泉賢の名前で店を開いています。ところが、ここ一週間、夫婦とも姿を見せていないと、ビルの持ち主の中華料理店の夫妻が話しています。なお、義父の村越泉将は、二年前に亡くなっています」

「よく分かったが、村越泉賢こと小野木洋介が、今回の事件にどう関係しているのかが、分からないね。その点を、君はどう考えるんだ？」

十津川が、聞くと、

「その前に、私自身が、迷っていることがあるので、警部に、聞いていただきたいのです」

と、日下は、いった。

「どういうことだ？」

「五年前、私を尾行したのは、小野木洋介という当時、三十一歳の私立探偵だったことは、間違いないと思うのです。その後、この男は、刑事事件を起こし、懲役一年、執行猶予二年の刑を受けました。そのため、もう私立探偵としてはやっていけないので、中国占星術の大家のところに婿養子に入り込み、名前を変えました。それが、村越泉賢です。現在は、横浜の中華街で、中国占星術の看板を出しています」

「そのとおりなんだろう？」

「確かに、これで、筋は通っているのですが、どうにもおかしいと思えるところが、一つあるのです」

「どこがだね？」

「小野木洋介は、二年前、脅迫容疑で逮捕され、懲役一年、執行猶予二年の刑を受けました。そこまでは事実です。その後、自分の名前を変えようとして、中国占星術の大家、村越泉将のところに、婿養子に入りました。これも事実です」

「それで、いいんだろう？　どこがおかしいのかね？」

「この写真が、村越泉将の娘幸恵です。ご覧のように、なかなかの美人です。歳も小野木洋介より、二歳若い。そのうえ、父親は中国占星術の大家で、別に生活に困っていた様子は、ありません。それに対して、小野木洋介は、眼にはケンがあって、どう見ても美男子ではありません。それなのに、どうして、うまうまと、村越家に婿養子として入り込むことができたのか。それが、どうにも不可解なのです」

　と、日下が、いった。

「村越幸恵というのは、他に、兄弟がいない一人娘なんだろう？」

「そうです」

「それなら、婿養子に来てくれる男がいなくて、困っていたんじゃないのかね？　父親一人娘一人だから、娘の幸恵としては、嫁に行くことはできない。小野木洋介が、婿に来てくれるというので、刑事事件を起こしていて、見た目も冴えない男だが、これで、跡取りができた。そう考えて、結婚したんじゃないのかね？」

「私も、今は、それくらいの理由しか、考えつかないのですが、それにしても、小野木洋介は、刑事事件を起こして前科があったわけですからね。それでも、我慢をして、婿養子に迎えたというのが、どうにもスッキリしないのですよ」

「そうか、君は、それでは納得できないのか？」

「はい。できません」

「直接、当人に聞いたらいいんじゃないか？」

「ところが、ここ一週間、夫婦とも家を空けているので、話が聞けなくて困っています」

十津川は、しばらく考えていたが、

「例えばだが、こういうことは、考えられないのかな」

「どういうことでしょう？」

「時間が違うんじゃないのか？」

と、十津川が、いった。

「時間ですか？」

「そうだよ。君は今、小野木洋介が、二年前に脅迫事件を起こして、警察に逮捕されたといった」

「そうです。二年前というのは、間違いないのです」

日下が、力を込めていったので十津川は、笑った、

「いや、それが、違っているとは、いってないよ。小野木洋介は、二年前に刑事事件を起こしたので、その前科や自分の名前を、何とかして消してしまおうと考えて、村越家に婿に入ったというわけだろう？」

「そのとおりです。でも、これは、間違いないのです」

「だから、二年前というのは、間違っていないが、その事件のあとで、小野木洋介が村越家と知り合い、婿養子に入ったというのが、間違っているんじゃないのかね？　もっと前から、小野木洋介は、村越泉将や娘の幸恵のことを、知っていたんじゃないかと、いっているんだよ」

「なるほど、そういう意味の時間ですか？」

「そうだよ。小野木洋介と村越親子は、小野木が逮捕される前から、知り合いだったが、その関係が少しばかり複雑で、だから、前科がついてしまった小野木洋介を、婿養子にせざるを得なかった。そういうことも考えられるんじゃないのかね？」

「しかし、いつから、この三人が知り合っていたのか、それが、はっきりしないと、ストーリーが出てきませんが」

　と、日下が、いう。

　十津川は、笑って、

「何年前からかは、簡単に、推測がつくじゃないか」

「つきますか？」

　と、日下は、いってから、

「ああ、そうか」

と、一人で、うなずいた。

「警部、分かりました。五年前からの知り合いだと考えれば、辻褄が合いますね」

「君は、五年前、大学四年生の時に、旅行先の静岡で、同じ日に二つの人身事故に遭っている。その二つの人身事故に、君は、巻き込まれてしまったんだ。その君を、当時、私立探偵だった小野木洋介がつけ回した。というか、尾行した。ひょっとすると、小野木洋介に君の尾行を頼んだのは、村越親子じゃなかったのかね？　あるいは、娘の村越幸恵だったんじゃないのかね？　そう考えれば、一つのストーリーができ上がってくるし、二年前の結婚も納得できるんじゃないかね？」

3

日下は、嬉しそうにうなずいた。

「これから、村越親子について、調べに行ってこようと思います。今までは、五年前のことがあるので、小野木洋介のことばかり調べていたのですが、今、警部にいわれて、村越親子のほうが、五年前の事故に深い関係を持っているのかもしれない。そう、考えるようになりました」

「それなら、西本刑事も一緒に連れて行きたまえ。二人で調べたほうが、早く分かるだろうからね」

と、十津川がサジェストした。

日下が西本と二人で、まず訪ねたのは、新宿の雑居ビルの中にある、中国占星術の事務局だった。そこは、日本で中国占星術の仕事をしている人たちが、集まるところだった。

二人の刑事は、そこで、安田という事務長に会った。

事務局の壁には、日本で活躍している中国占星術の大家の名前が、ズラリと書かれてあった。そこには、中国人の名前もあれば、日本人の名前もある。

「村越泉将さんと、娘の村越幸恵さんのことについて話していただきたいと思って、お伺いしたのですが」

日下がいうと、安田は、

「村越泉将さんなら、二年前に、亡くなっていますよ。日本でも、指折りの中国占星術の大家で、壁にかかっている名簿のなかの、上から五番目には入る人でした」

と、いった。

「泉将さんの娘の幸恵さんのほうは、どうですか？」

「それは、中国占星術の、腕前はどうかということですか？」

「ええ、それを話してください」

「娘の幸恵さんも、子供の時からお父さんの占星術を見て育ったせいか、かなりの力量を持っていますよ。東京駅前にあるKホテルから頼まれて、幸恵さんが一カ月、ロビーで泊まり客を相手に、中国占星術の占いをしたことがあるんですよ。これがよく当たると評判になりましてね。何でも、ホテルの泊まり客が一割も、増えたんだそうです」

「幸恵さんは美人だから、よく、モテたのではありませんか？」

西本が聞くと、安田は、笑顔になって、

「もちろん、よくモテましたよ。美人だし、スタイルもいいですからね。そのうえ、中国占星術ができますからね。高校でも大学でも、卒業したあとも、ずいぶんモテたという話を、聞いています」

「今から五年前、幸恵さんは二十九歳ですが、当時、彼女には、恋人がいたんじゃありませんか？」

と、日下が、聞いた。

「五年前ですか？」

「ええ、そうです」

「そうですね。五年前か、六年前かは、はっきりしませんが、その頃、お父さんの村越泉将さんから、娘の幸恵に恋人がいるという話を聞いたのは、今でも覚えています」

「その恋人が、どういう男性か、ご存じですか？」

日下が、聞くと、

「それがですね」

と、安田は、笑って、

「私は、てっきり、その頃、泉将さんのところに、中国占星術を習いに来ていた俳優の前田博之（まえだひろゆき）さんだとばかり思っていたんですけどね」

「ああ、前田博之なら、よく、知っていますよ。今は確か、中堅の俳優として、テレビにもよく出ていますよね？」

「その前田博之ですよ。あの頃は、まだ若手で、ドラマのなかで、中国占星術の名人の役をやるので、それを教えてもらいに、村越泉将さんのところに来ていて、娘の幸恵さんと知り合ったということでした。今もですけど、当時も、なかなかのハンサムだったから、その前田博之さんを、幸恵さんが好きになったのかと思っていたんです。ところが、よくよく聞いてみると、違っていましたね。お父さんが、いや、あの俳優じゃない。娘がつき合っているのは、ごく普通のサラリーマンだといっている。そういう話でした」

「それが、五年前ですか？」

「ええ、確かに、その頃でした。五年前か、六年前かは、ちょっと、忘れましたけど、その頃ですよ」

安田が、いった。

「もう一つ、お聞きしたいのですが、現在、幸恵さんには、ご主人がいますよね？　村越家に婿に入った村越泉賢さんで、以前の名前は、小野木洋介さんというのですが、彼のことを、安田さんは、いつ頃からご存じですか？」

日下が、聞いた。

「それなら、はっきり、覚えていますよ。五年前です」

安田は、自信満々という顔で、日下に、いった。

「どうして、五年前だと、はっきり、覚えているんですか？」

「だって、私が彼を、幸恵さんに、紹介したんですから」

と、安田が、いった。

「娘さんにですか？　父親の、村越泉将さんにではなくて」

「そうですよ、娘さんにです。五年前の何月頃だったのかは、忘れてしまいましたけどね。突然、幸恵さんが一人で、私のところに、やって来ましてね。父には内緒だけど、誰か、私立探偵を紹介してほしい。こちらのいうとおりに動いてくれる私立探偵が必要なので、何とか探してくれませんかといわれたんですよ。たまたま私が知っていた、小野木洋介という私立探偵を紹介しました。大手の探偵社なら、もっと、優秀な私立探偵がいるかもしれませんが、何でも、幸恵さんは、その時、内密で頼みたいことがあるので、大手の探偵社ではなくて、個人でやっている私立探偵を紹介してくださいと、そういわれたのです。それで、小野木洋介を紹介しました。それが、確か、五年前です」

と、安田が、いった。

「小野木洋介という私立探偵を、安田さんは、どうしてその時、知っていたんですか？」

日下が、聞いた。

「その頃、私の友人で、資産家の男がいましてね。年下の奥さんの浮気を調べてもらおうと思うのだが、ただの私立探偵では困るというんです」

「なぜですか？」

「秘密を守ってもらいたいからですよ。金さえ出せば、何でもいうことを聞く、多少は、信頼性に欠けるかもしれないが、どんな汚いことでもやってくれるし、秘密を守ってくれる。そんな私立探偵を探したが、その時見つけたのが、個人で私立探偵をやっている小野木洋介という男だと、教えてくれましてね。その時、こんなこともいったんですよ。君も、もし、奥さんの浮気に悩んでいて、誰か適当な、金さえ払えばどんなダーティなことでもやってくれる、そんな探偵が必要になったら、その私立探偵を紹介してやる。そういわれたんです。名刺ももらいました。それが、小野木洋介だったんですよ」

と、安田が、いった。

「それで、五年前、小野木洋介を、村越幸恵さんに紹介したわけですか？」

「そうです」

「どういって、紹介したのですか？」

「金さえ払えば、どんなことでも調べてくれる、使いやすい私立探偵だといって、小野木洋介の名刺を幸恵さんに渡したんですよ。その後、どうしたのか、知りませんでしたが、二年前になって、ビックリしました。幸恵さんが、小野木洋介と結婚する。婿に迎えるといったので、驚いたんですよ。五年前にお父さんから聞いた、あの恋人とは、いったい、どうなったんだろうか？　そう思いましてね」

「安田さんは、小野木洋介と村越幸恵さんの結婚には、反対だったんですか？」

「正直にいえば、反対でしたよ。だって、そうでしょう。最初に、小野木洋介という男を知ったのは五年前で、友人から、金さえ払えばどんなダーティなことでもやってくれる、都合のいい私立探偵だということで、紹介されましたからね。そのうえ、二年前には、恐喝容疑で、とうとう警察に逮捕され、執行猶予付きとはいえ、懲役一年の判決を受けたんですよ。その直後に、幸恵さんは、小野木洋介と結婚したんです。何も、そんな男と結婚しなくてもいいじゃないか。幸恵さんほどの美人なら、結婚相手なんか、いくらでも見つかるだろう。私は、そう、思いましたけどね。一番、不思議だったのは、父親の村越泉将さんまでが、どうして、娘と小野木洋介との結婚に、賛成したのかということでした。それも、まったく分かりませんでしたね。小野木洋介のことを、こっちは嫌っていたけれど、もしかすると、彼には、どこか、いいところがあったのかもしれません。それとも、中国占星術で占ったら、良縁と出たんですかね」

「その村越夫妻に会いに、横浜の中華街へ行ったんですが、留守でした。二階に占いの事務所を開いているのですが、一階の中華料理店のオーナー夫妻に聞くと、一週間前から、姿が見えなくなっている。どこに行ったのかは分からない。そういわれたんです。村越夫妻がどこに行ったのか、安田さんは、何かご存じですか？」

日下が、聞く。

「村越夫妻が、行方不明だというのは、今、初めて聞きました。二人が結婚した頃は、東京に住んでいました。まだ存命だったお父さんの村越泉将さんに、時々会って、話をしたりしていましたが、そのあと、村越夫妻が東京から横浜に移ってしまったり、泉将さんが亡くなってからは、あまり会わなくなっていましてね。ですから、急に聞かれても、あの夫妻がどこに行ったのかは、見当がつきませんよ」

と、安田が、いった。

「どうして、村越夫妻は、東京から横浜に引っ越したのか、安田さんは、その理由をご存じですか？」

「それも分かりません。別に、横浜に引っ越さなくても、いいと思うんですけどね。なぜ、急に引っ越してしまったのか私にも分かりません」

安田は、少しばかり不機嫌そうな顔で、繰り返した。

4

捜査本部に戻ると、日下は、十津川に報告した。

「警部のいわれたとおりでした。村越親子というよりも、娘の幸恵と小野木洋介とは、五年前からの知り合いだったことが分かりました。小野木洋介が恐喝容疑で逮捕され、執行猶予付きの判決を受けた時、二人は、すでに知り合いだったのです」

「二人は、五年前に、どういう形で知り合ったんだ？」

「新宿にある、中国占星術事務局の安田という事務長に聞いたんですが、五年前のある時、村越幸恵から、秘密を守ってくれて、何でもいうことを聞いてくれる、そういう私立探偵を紹介してほしいといわれたので、安田は、その時たまたま知っていた小野木洋介を、紹介したのだそうです。どうして、小野木洋介を知っていたのかと聞くと、安田の知り合いが、奥さんの浮気に悩まされていて、金さえ出せば、どんなに汚い調査でもやってくれる、そういう私立探偵を探したら、小野木洋介が見つかった。君も、何か、そういう頼みごとがあったら、小野木洋介に頼めばいい。そういって、友人は、小野木の名刺をくれたそうなんです。その名刺を持っていたので、五年前、村越幸恵に、小野木洋介を紹介したといっていました」

「金さえ出せば、どんな汚いことでもやってくれる。そういう私立探偵として、小野木洋介を紹介したのか？」

「そういっていました」

「逆にいうと、その時、村越幸恵は、少しばかり、ダーティなことをやらなければならなかったということだな」

「そうだと思います」

「村越幸恵は、どういう仕事を小野木洋介に頼んだと思うかね？」

「分かりません。肝心の村越幸恵に会えませんから」

「村越幸恵という女性は、そういうダーティなことを、考えたり、やったりするような、女性なのかね？」

　十津川が、聞いた。

「安田事務長の話では、彼女は、そんな女性ではないそうです。どうしてあの男と結婚したのか、不思議で仕方がない。安田は、今でも、そういっています。五年前、村越幸恵には、好きな男がいました。平凡なサラリーマンだったそうですが、彼女は、美人なので、ほかにも、彼女のことが好きだった男性が少なくなかった。その一人として、現在、中堅の俳優として多くのドラマに出演している、前田博之のことを、安田は話しています。何でも五年前頃に、前田博之は、まだ、若手で、たまたま、ドラマのなかで中国占星術の達人の役が回ってきた。その役作りのために、村越泉将のところに、勉強に来ていたそうなんです。そこで、娘の幸恵と知り合い、どうやら、前田博之のほうが、彼女のことを好きになってしまったらしいのですよ。安田は、その頃、村越泉将さんから、娘に好きな男ができたらしいと聞かされて、すぐ、俳優の前田博之のことを、思い浮かべたそうです。しかし、実際は違っていて、村越幸恵が好きだったのは、今もいったように、平凡なサラリーマンだったそうです」

「村越幸恵という女性は、美人で、男性から好かれていて、ダーティなことを考えるような女性ではないというわけだね？」

「ええ、彼女のことをよく知っている安田という事務長は、そういっています」

「だが、五年前には、その彼女が、安田事務長に、お金さえ出せばどんなダーティな仕事でも引き受けてくれる私立探偵を紹介してくれと、頼んだんだろう？」

「ええ、そうです」

「今もいったが、その時だけ村越幸恵は、どういうわけか、ダーティなことをしようとしていたんだな？」

「私も、そう思います」

「どんなダーティなことを、やろうと思っていたのかな？」

「それは、分かりません」

「もし、それが分かれば、事件の解決の何か手がかりが、つかめるかもしれないな」

と、十津川が、いった。

「そのためにも、一刻も早く、村越夫妻を見つけ出して、話を聞きたいと思っています。横浜の中華街にある村越夫妻の住居、占いの事務所も兼ねているのですが、家宅捜索を、許可していただきたいと思います」

と、日下が、いった。

「しかし、神奈川県の横浜なんだろう？」

「そうです」

「そうなら、神奈川県警の承諾が必要だな」

「何とかお願いします。村越夫妻は、早く探さないと、危ないような気がして仕方がないのです」

「分かった。すぐ、家宅捜索の令状が取れるようにしよう」

十津川は、すぐ、三上刑事部長に話をした。

「今回の事件の捜査には、どうしても、村越夫妻の自宅兼事務所の家宅捜索が必要です。それができれば、事件の捜査が、一気に進むと考えています」

十津川は、少しばかり、強調していった。

三上刑事部長から、神奈川県警に連絡が取られ、その日のうちに、横浜の中華街にある、村越泉賢夫妻の自宅兼事務所の、家宅捜索の令状が下りた。これには、神奈川県警の立ち会いが必要だった。

十津川も同行して、日下、亀井、そして、西本刑事で、横浜の中華街に行き、神奈川県警の刑事にも立ち会ってもらって、村越夫妻の住居兼事務所の家宅捜索が行われた。

夫妻の家は、かなりの広さのある部屋だった。３ＬＤＫで、二十畳のリビングルームがあり、そこが事務所になっていた。

そのほか、八畳と六畳の部屋があり、さらに、トイレ、バス、キッチンなどが完備していた。

事務所のリビングルームには、壁に、二年前に亡くなった村越泉将の大きな写真が、飾ってあった。

日下を含めて刑事たちは、３ＬＤＫの部屋を念入りに調べていった。

「不思議ですね」

西本が、その途中で、いった。

「村越夫妻の写真が、一枚もありませんよ」

確かに、そのとおりだった。二人の寝室にも、引き出しにも、洋服ダンスにも、どこを探しても、二人の写真がないのである。

日下は、そのことを、下の中華料理店の主人夫妻に聞いてみた。

「あなたは、村越夫妻の旧正月の写真を持っていて、私に貸してくれましたが、肝心の二階の夫婦の部屋には、写真がないんですよ。どういうわけですかね？」

「私らにも分かりませんよ。写真が嫌いなのかな？」

と、中華料理店の主人が、いう。

寝室と思われる部屋の壁には、カレンダーがかかっていた。

しかし、そのカレンダーには、何の書き込みもなかった。ただ、カレンダーの下のほうには、この近くの信用金庫の名前が入っていた。

そこで、日下は、十津川に断って、西本と二人で、その信用金庫を訪ねてみた。支店長に会って、村越夫妻の名前をいい、部屋に、この信用金庫のカレンダーがあったことを告げた。

支店長は、うなずいて、

「村越さんは、ウチの大切なお客さんですから。先日、預金からかなりの金額を下ろされています」

と、支店長が、いった。

「いったい、いくら下ろしたのですか？」

「大よそ、三千五百万円です」

と、支店長が、いう。

「それは、いつですか？」

「確か、一週間前でした」

その三千五百万円は、亡くなった村越泉将の遺産などを含めた口座からの金で、下ろしに来たのは、村越夫妻だという。

村越夫妻は、その三千五百万円を持って、どこかに行方をくらましてしまったのである。

第六章　事件の核心

1

十津川は、急遽（きゅうきょ）、捜査会議を開いた。

十津川は、集まった刑事たちの顔を見まわしながら、

「私は、今回の事件を、もう一度、最初から検討してみようと思っている。一連の事件は、五年前、静岡県下で、鉄道による二つの人身事故が、同じ日に起きたことから始まっている。それが、五年後の今、新たな殺人事件を引き起こしたとしか、私には思えない。そこで、改めて、五年前の事故を再考してみようと思っている。五年前の三月十日、最初に起きた人身事故は、東海道本線の富士駅で、原口圭一郎というエリートサラリーマンがホームから落ちたところを、列車にはねられて亡くなっている。次に、小柴健介という鉄道ファンが、大井川鐵道の駅でＳＬの写真を撮ろうとして、同じようにホーム

から転落して、列車にはねられて死亡した。原口圭一郎には、当時、井口美奈という許婚（いいなずけ）がいたが、最近になって、もう一人、関係すると思われる女性が見つかった。名前は村越幸恵。父親は、村越泉将という、有名な中国占星術の大家だった」

と、いってから、日下に向かって、

「五年前の事件に、自分の意思とは関係なく、巻き込まれてしまった日下刑事に確認したい。君が、吉原の駅で降りて、駅近くの喫茶店に寄った時、店にはオーナーの神木倫太郎と、奥さんの恭子、それから、もう一人、若い女性がいたんだね？」

「そうです」

日下が、うなずく。

「ただ、私は、その女性の声は聞きましたが、顔は見ていません」

「その女性は、オーナーの神木夫妻と、どんな話をしていたんだ？」

「私の記憶が正しければ、岳南鉄道について、話を聞いていましたね。それから、岳南鉄道の吉原本町駅のことを聞いてから、店を出ていったと思います」

「彼女は、店のオーナー夫妻に顔を見られている。これは、間違いないね？」

「間違いありません」

「五年後の今になって、神木倫太郎が、自動車事故に見せかけて殺された。殺人の動機が、彼が五年前の三月十日、店にいた女性の顔を見たことにあるのだとすると、彼女は、誰なんだろうか？　最初に考えられるのは、原口圭一郎の許婚の井口美奈だろう。次に、最近になって、急に関係者として浮上してきた村越幸恵。この二人が考えられるのだが、君たちは、どちらが怪しいと思うかね？」

十津川が聞くと、

「普通に考えれば、原口圭一郎の許婚、井口美奈の可能性が、強いのではないでしょうか？」

と、いったのは、北条早苗刑事だった。

「理由は？」

「原口圭一郎は、この日、有休を取って、旅行に出かけています。旅行に行くことを、許婚の井口美奈に黙っていたところを見ると、おそらく、ほかの女性と一緒だったのではないでしょうか？　嫉妬に駆られた井口美奈が、富士駅で原口圭一郎を待ち伏せ、彼をホームから突き落として殺したのではないでしょうか？　そのあと、アリバイを作ろうとしたのか、あるいは、誰かに会おうとしたのかは分かりませんが、富士駅の一つ手前の吉原駅まで戻ってきて喫茶店に入り、その時に、オーナー夫妻に顔を見られてしまったのだと思います」

「確かに、普通に考えれば、喫茶店にいた女性は、井口美奈の可能性が高いと思うね。しかし、五年前の三月十日に起きた二つの人身事故は、いずれも殺人ではなくて、事故として扱われた。そのうえ、当時の新聞やテレビ報道を調べてみると、井口美奈が、新聞記者や、テレビのアナウンサーの取材を受けて、顔を出して話をしているんだ。許婚の原口圭一郎が人身事故で死んだことについて、大変悲しいと話しているんだ。問題の喫茶店のオーナー、神木夫妻だが、近くの富士駅で起こった人身事故だから、関心を持って、新聞を読んでいるだろうし、テレビも見ているだろう。事故の日に、店にいた女性が井口美奈だったら、新聞・テレビに顔が出ているんだからすぐに気づいて、警察に連絡したと思うのだ。しかし、その形跡は見当たらない。そう考えると、三月十日に喫茶店にいた女性は、井口美奈ではないんだよ。となれば、もう一人の女性、村越幸恵ということになってくる。村越幸恵は、最近になって捜査線上に浮かんできたから、五年前には、テレビにも新聞にも、知られていない存在だった。だから、喫茶店のオーナーの神木夫妻も、三月十日に店にいた女性が、誰だかは分からなかったんだ。私は、そんなふうに考えているんだがね」

「しかし、村越幸恵が五年前の人身事故に関係しているとなると、どういう関係なんでしょうか?」

日下が、聞く。

「五年前、村越幸恵はもちろん独身で、美人だった。少し飛躍するが、原口圭一郎の彼女だったのではないだろうか? ひょっとすると、許婚の井口美奈には黙って、原口圭一郎は村越幸恵と、五年前の三月十日、富士方面に旅行していたのではないのか？　ところが、原口圭一郎のほうは、その時、井口美奈との結婚話を進めていた。村越幸恵とは、別れるつもりだった。富士に二人で来ていて、原口圭一郎は、村越幸恵に別れ話を持ち出した。カッとした村越幸恵は、富士駅のホームから、原口圭一郎を突き落とした。村越幸恵は、前々から、原口圭一郎の気持ちが自分から離れているんじゃないかと疑っていて、私立探偵の小野木洋介に、原口圭一郎の身辺を調べさせていたのではないだろうか？　あるいは、村越幸恵に惚れていた私立探偵の小野木が、ダーティな仕事、つまり原口圭一郎を、ホームから突き落とす役目を、引き受けたのかもしれない。富士駅で原口圭一郎を突き落としたあと、二人は、別々に現場から逃げた。村越幸恵は上り列車に乗って、次の駅、吉原まで行き、そこで降りた。一方、小野木洋介は、一人でよく旅行していたので、あまり人に知られていない岳南鉄道の吉原本町駅で落ち合うことを、幸恵に告げておいた。幸恵が、吉原駅近くの喫茶店に入り、岳南鉄道のことと、吉原本町駅のことを聞き、その駅に向かった。二人は、吉原本町駅で落ち合い、今後のことを相談した。ところが、そこに、鉄道ファンの小柴健介がいたのだ。二人は、岳南鉄道の小さな駅、吉原本町駅ならば、誰にも見られずに今後のことを相談できると思っていたのに、小柴健介に見られてしまった。しかも、小柴健介は、吉原本町駅の写真を撮りまくっていて、そのなかに、自分たちが写ってしまったのではないかと、二人は疑いを持つようになったんじゃないかな。もし、写っていたら、三月十日のアリバイがなくなる。一度は、吉原本町駅から逃げたが、二人は、小柴健介のことが気になって仕方がなかった。そのあとで、日下刑事、君が、吉原本町駅に行き、小柴健介に会ったんだと思う」

「私が吉原本町駅に行った時には、ホームには、小柴健介一人しかいませんでした。二人で、岳南鉄道のことや、列車の写真のことなどについて、いろいろと話をしたんです。その時は、このあと小柴健介が、大井川鐵道の駅で、SL列車に轢かれて死ぬことになるなんて、思ってもいませんでした」

日下が、いった。

「君に会ったあと、小柴健介は、大井川鐵道にSLの撮影に行き、村越幸恵と小野木洋介の二人に、原口圭一郎の時と同じように、人身事故に見せかけて殺されてしまったんだ」

「そうなると、原口圭一郎の許婚、井口美奈は、今回の事件には、まったく関係がないんでしょうか？」

日下が、聞いた。

2

「まったく無関係だとは考えられないな」

と、十津川が、いった。

「原口圭一郎には、許婚の井口美奈のほかに、もう一人、村越幸恵という女性がいた。ただ、原口は、村越幸恵との関係を清算しようとしていた。たぶん、そのことを、原口圭一郎は電話をかけて、井口美奈に、いったんじゃないだろうか？　その直後に、原口は、人身事故に見せかけて殺されてしまった。そのあとで、井口美奈がやったことを想像してみると、例の、吉原新報の記事が、思い出されるんだ。宮崎社長に金を渡して、三月十日の人身事故は、実は、殺人事件だと、書いてもらおうとしたんじゃないか。許婚の原口圭一郎は死んでしまっているが、それでも井口美奈は真相を知りたかった。地元の警察は、単なる人身事故として処理してしまおうとしている。そこで、地元の吉原新報に金を払って、これは殺人事件だという記事を、書かせたんだよ。そうすることによって、真相が明らかになると、井口美奈は期待したんじゃないか」

「もう一つ、分からないことがあります。問題の喫茶店のオーナー、神木倫太郎をスポーツカーではねて殺した三原肇という、音楽事務所の社長ですが、彼は、なぜ、そんなことをしたのか？　神木と三原の接点が、分からないのですが」

亀井が、いった。

「三原肇のことを、どう考えるのか、みんなの考えを聞きたい」

十津川が、刑事たちを見まわした。

西本が、手を挙げた。

「三原肇が、誰かに頼まれて、神木倫太郎をはねて殺したとすれば、村越幸恵と小野木洋介、現在は、村越泉賢こと村越洋介ですが、この二人に頼まれたということが、まず考えられます。ただ、この二人と、三原肇との接点が分かりません。むしろ、村越幸恵の父親で、中国占星術の大家、村越泉将と三原肇との接点なら考えられます。音楽業界というのは、当たり外れがあって、次に、どんな音楽がもてはやされるのか、どういう新人が伸びるのか、それが分からなくて、困っていると聞いたことがあります。おそらく、そんな時に三原肇は、中国占星術の大家である村越泉将に、占ってもらったことがあったのではないでしょうか？　そんなことで、娘の村越幸恵とも、親しくなっていたと思われます。村越幸恵と村越洋介の二人は、現在、三千五百万円を、信用金庫から下ろして、姿を消しています。それを考えると、かなりの預金があったわけです。三原肇のほうは、新しい歌手を売り出すのに、まとまった金を必要としていたのではないでしょうか？　そこで村越夫婦は、三原肇にかなりの金額を払い、村越幸恵の顔を見ている喫茶店の夫婦を、何とかしてほしいと、頼んだのではないでしょうか？　三原肇が、自分のスポーツカーを使って、神木倫太郎をはねて殺した。こう考えると、辻褄が合ってくると思うのですが」

「その三原肇も、駒沢公園で何者かに刺されて殺されているんだ。こちらの犯人は、誰だと思うかね？」

　十津川が、聞く。

「犯人は、村越幸恵と村越洋介だと思います。特に、村越洋介のほうが、妻の幸恵を守ろうとして、自分から進んで引き受けたのではないかと思います」

「動機は？」

「三原肇は、音楽事務所の社長です。新人歌手を売り出すのには、かなりの金がかかるので、村越幸恵に用立ててもらい、代わりに殺人を引き受けた。しかし、新人歌手が、思うように育たない。また、三原肇は、亡くなった村越泉将と親しかったから、遺産が、どのくらいあるか、大よそのことは、分かっていました。それで再度、村越幸恵と村越洋介の二人に、新しい借金を、求めたのではないでしょうか？　村越幸恵と村越洋介の二人、特に、村越洋介のほうは、三原肇の口を塞いでしまわないと、また、金を要求されるに違いない。そう考えて、三原肇を駒沢公園に呼び出して刺殺したと、私は考えます。その後、預金を引き下ろし、二人は失踪したのではないでしょうか？」

「よし」

　と、十津川がうなずいた。

「これで、事件の大よその説明がついた。三原の寝室に飾ってあった広重の吉原宿の版画は、万一の時の保険というか、自分に何かあった場合、われわれ警察に対する示唆の意味を込めたのだろう。問題は、それを証明できるかどうかということだ。証明できなければ、すべて、ただの空論になってしまう。そこで、まず、どこから手をつけたらいいか、君たちの意見を聞きたい」

真っ先に、日下が手を挙げ、

「五年後に事件が蘇ってきて、最初に殺されたのは、私が大学時代に立ち寄った喫茶店『赤富士』のオーナー、神木倫太郎です。われわれの推理が正しければ、五年前の三月十日、私が声だけを聞いたのは、村越幸恵ということになります。そこで、果たして、村越幸恵だったかどうか、確認しに行ってきたいと思うのです。村越幸恵の写真が手元にありますから、それを持って吉原に行き、神木恭子に会って、五年前に店に来たのが、この女性だったかどうか、それを確認してきます」

「分かった。すぐ、西本と二人で吉原に行け」

と、十津川が、いった。

3

西本と日下の二人は、村越幸恵と村越洋介が写っている写真を持って、すぐ、東海道本線の吉原に向かった。

相変わらず、喫茶店「赤富士」は、今日も、神木恭子の手で店が開けられていた。

二人は、念のために、旧姓井口美奈、現在は結婚して、鈴木美奈となっている女の写真も持参した。

二人は、カウンターに腰を下ろし、コーヒーを頼み、日下が恭子に向かって、

「五年前の三月十日、ここでご主人と一緒に、店に来たお客の女性と、話をしましたね？　岳南鉄道のことや、吉原本町駅のことを女性が聞き、お二人が答えた。覚えていらっしゃいますか？」

「ええ、覚えていますとも」

恭子が、大きくうなずく。

「今日は、二人の女性の写真を持ってきました。五年前の三月十日に、ここで話をした女性は、どちらだったか、それを確認していただきたいのです」

日下は、井口美奈と、村越幸恵の写真を並べて、恭子の前に置いた。

恭子は、何のためらいも見せずに、村越幸恵の写真を手に取った。

「こちらの人ですよ」

「間違いありませんね？　大事なことなので」

日下が、念を押した。

「間違いありませんとも。今でもはっきりと、彼女のことを覚えています」

と、恭子が、いった。

4

その頃、十津川は、亀井と二人で、もう一度、旧姓井口美奈、現在は鈴木美奈となっている女性に、会いに出かけた。

相変わらず、美奈は、娘を抱いていた。

しかし、二人の刑事を見ると、

「何度来ていただいても、もう、お話しすることはありませんわ」

強い口調で、いった。

五年前の人身事故のことも、原口圭一郎のことも、すべて、自分の記憶から消してしまいたいといいたげな、そんな顔だった。

十津川は、

「あなたが、五年前の事故にも、五年後に起きた事件にも、関係のないことは、分かっています」

と、まず、いってから、

「原口圭一郎さんは、五年前の三月十日、東海道本線の富士駅で、人身事故で亡くなったのですが、それが、実は殺人事件だという可能性が出てきました。原口圭一郎さんは、富士駅のホームから、何者かに突き落とされて、入ってきた電車にはねられて亡くなったということです」

「それが、真実であろうとなかろうと、亡くなった者は、もはや帰りません。私には、関係ありませんわ」

「もちろん、今も申し上げたように、あなたが、この事件には何の関係もないことは分かっています」

「それなら、なんで、いらっしゃったんですか？」

「一つだけ、あなたに、確認していただきたいことがあるのです。少しばかり古傷に触れるようなことを、お聞きするかもしれませんが、許してください。五年前ですが、原口圭一郎さんは、あなたという婚約者がありながら、ほかの女性ともつき合っていました。その女性の名前は、村越幸恵ですが、その頃、原口さんは、この女性と手を切って、あなたと結婚することを決めていました。事件の日、原口圭一郎さんは、村越幸恵と一緒に旅行しています。その時に、原口さんは、村越幸恵に向かって、君とは別れると告げたはずなんです。そのことは、原口さんが、あなたに電話で伝えてきたと思っているのですが、間違っていますか？」

十津川が聞いたが、美奈は、下を向いて黙っている。

「われわれは、あなたと原口圭一郎さんとの関係を、蒸し返そうとしているのではありません。もちろん、このことは、今のご主人には絶対にしゃべりません。それは、お約束します。ただ、私たちは事実関係を確認したいがために、こちらにお伺いしているのです。五年前の三月十日、あなたに、原口さんから、電話があったんじゃありませんか？　それとも、携帯を使ったメールですか？　あなたとの、結婚を決めた。原口さんから、そういう電話なり、メールなりが、あったんじゃありませんか？　それだけでも、答えていただけませんか？」

十津川がいうと、美奈は、やっと、小さな声で、

「電話がありました」

「どんな電話だったんですか？」

「実は、君以外に、つき合っている女がいた。今日彼女とは、きちんと別れるといいました。これから、東京に帰る。君が許してくれるのなら、一刻も早く、君と結婚したいと思っている、という電話でした」

「原口さんは、女の名前はいわなかったのですか？」

「ええ、いいませんでした」

「五年前の三月十日に、間違いありませんね？」

「ええ、三月十日の、朝でした」

「その直後に、原口圭一郎さんが、東海道本線の富士駅で人身事故に遭ったことを知ったわけですね？」

「テレビのニュースでやっていましたから、それで知りました」

「その後、テレビや新聞のインタビューを受けていますね？」

亀井が、聞いた。

「ええ」

とだけ、短く、美奈が答えた。

「どんな、インタビューだったんですか？」

「富士駅で、人身事故に遭って死亡した原口圭一郎さんと、結婚することになっていたのは、本当ですかと聞かれました。私は、もう、そのことについて、詳しいことは何もいうまいと思っていましたから、ただ、原口圭一郎さんと結婚することになっていたのは本当ですと、それだけを答えました」

「あなたの顔が、新聞やテレビに出たんじゃありませんか？」

「ええ、出ました」

「その後、何かあったんじゃありませんか？」

「何かって、例えば、どんなことでしょうか？」

また、美奈の口調が、切り口上になっていった。

「東海道本線の吉原に、吉原新報という地元の新聞があるんですよ。そこにあなたはお金を使って、富士駅の人身事故は、殺人の可能性があるという記事を、載せてもらったんじゃありませんか？」

十津川が、単刀直入に聞いた。

美奈は、最初は、拒否するような姿勢だったが、誰にも話さないことを十津川が約束すると、

「原口さんと結婚する予定だったので、かなりの貯金をしていたんです。原口さんが亡くなってしまったので、使い道のないお金になってしまいました。それに、原口さんが、女と別れると電話をしてきた直後に、事故に遭って死んだので、きっと、その女に殺されたに違いないと、思ったんです。地元の新聞に、今回の事故は殺人の可能性が高いと大きく書いてもらえば、地元の警察も捜査をするだろうし、本当のことが分かる。そう思って、吉原新報という地元新聞の社長さんにお願いして、記事を書いてもらいました。けれど、吉原新報には、結局は事故として扱われて、無駄でした」

「吉原新報には、いくら、支払ったのですか？」

「三百六十万円です」

「吉原新報の社長、宮崎さんには、会ったんですか？」

「いいえ、直接お会いしたことは、一度もありません。電話でお願いして、三百六十万円を、宮崎社長さんのおっしゃった口座に振り込みました」

「もう一つ、あなたに、お聞きしたいことがあります」

亀井が、いった。

「ウチに、日下という若い刑事がいます。五年前の三月十日の時点では、大学の四年生でした。その後に、警視庁に入ったのですが、あなたは、彼に、神木さんがひき逃げされた事件を掲載した新聞記事を、送ったんじゃありませんか？」

今度は、美奈は、すぐに答えてくれた。

「最初は、日下さんという、刑事さんのことは、まったく、知りませんでした。偶然、家に届いた同窓会誌で同じ大学卒だったことを知ったんです。その同窓会誌の中で、日下刑事さんは、五年前、大学の四年生のおり、東海道本線で旅行をしている時に、事故に遭遇している。そんな記事を、読んだんです。五年前には事故とみなされて、殺人事件とはとりあってもらえませんでしたが、そのあとで、原口さんが残した手帳に、何度か『喫茶店赤富士』とメモしてあるのを見つけていたので、神木さんのひき逃げ事件が、もしかすると何か関係してはいないか、とワラにもすがるような気持ちで、必死で居所を探して記事を送りました」

5

もう一つ、調べなければならないのは、三原肇と村越幸恵との関係だった。三田村刑事と、北条早苗刑事の二人が、中国占星術事務局の事務長、安田に会いに出かけた。村越幸恵の父親である、亡くなった村越泉将のことを聞くためである。

安田は、二人の刑事を迎えて、何か楽しそうだった。

「警察は、捜査に行き詰まると、中国占星術の力を借りるんですか？」

安田が、笑顔で聞く。

三田村は、苦笑して、

「まあ、そんなところです。亡くなった村越泉将さんについて、お聞きしたいのですよ」

「村越先生のことならば、先日、もう、お話ししましたが」

「村越泉将さんは、中国占星術の大家だったわけでしょう？」

「ええ、人間的にも占いの力も、優れた方でしたよ。ズバリズバリと当てるので、有名でした」

「いろいろな人が、村越泉将さんに見てもらいに、やって来ていたんじゃありませんか？」

「ええ、そうです。泉将先生のお客さんには、政治家の先生とか、芸能界の人が多かったと聞いています。ああいう世界だと、何かの決断を迫られることが、結構ありますから、自分ではどうしようもなくなって、村越泉将先生に助言を求める人が、多かったみたいですよ」

と、安田が、いった。

「三原肇さんという、音楽事務所の社長さんがいるんですよ」

三田村が、三原肇の写真を安田の前に置いた。

「この人を、知りませんか？　この人も、村越泉将さんに占ってもらっていた人の一人ではありませんか？」

「三原さんですか」

安田は、写真を手に取って眺めていたが、

「この人、確か、何とかという、派手なスポーツカーを乗りまわしていた人じゃありませんか？」

北条早苗刑事が、笑って、

「ええ、スポーツカーが、この社長さんの愛車でした。確かに、派手な車でしたわ」

「そうでしょう。それなら、二度ばかり、横浜の村越泉将先生のところで、会ったことがありますよ。帰りに、三原さんに、そのスポーツカーで東京まで送ってもらったこともあります」

と、安田が、いった。

「お会いになったのは、横浜で二回だけですか？」

「いやいや、横浜の村越泉将先生のところで会ったのは、二回だけですが、東京でも何回か、会っているんです。話を聞くと、今はミュージシャンの世界でも、誰が、そして、どんな曲が、売れるのかが、まったく分からなくて困っている。特に、新人が売れるかどうかの判断が難しい。どうしても分からない場合には、村越先生のところに行って、占ってもらっていると、三原さんは、そう、いっていましたね」

「村越泉将さんが亡くなったあとも、娘の村越幸恵さんとは、つき合っていたんでしょうか？」

北条早苗が、聞いた。

「そうですね、村越泉将先生が亡くなったあとも、横浜で、何度か、お見かけしたことがありますよ。相変わらず三原さんは、新人歌手の将来を占ってもらいに、ここに来ているのか？　そんなふうに、思ったことがありましたから」

そのあと、安田は、急に声を落として、

「確か、この三原さんは、最近、駒沢公園で、殺されたんですよね？」

「そうです。三原肇さんは、何者かに駒沢公園で刺されて亡くなりました」

「やっぱりそうですか」

「安田さんには、何か、思い当たることがあるんですか？」

と、早苗が聞いた。

「三原さんが、殺される二、三日ほど前だったと思うんですがね、夜の十時頃、新宿の歌舞伎町(かぶきちょう)で、ばったり、会ったんですよ」

「歌舞伎町のどこでですか？」

「歌舞伎町に、僕がよく行く、クラブがあるんですよ。そこに行ったら、三原さんが一人で飲んでいたんで、一緒に飲みながら、話をしました」

「どんな話をしたんですか？」

早苗が、続けて聞いた。

「その時、三原さんが、何となく元気がなかったので、何か、心配ごとでもあるのですかと聞いたら、最近、誰かに、行動を見張られているような気がして仕方がない。そんなことを、いうんです。それで、女性問題なんじゃないんですかとふざけて聞いたら、女性問題ならいいんだが、もう少し、ヤバいことになるかもしれない、そんな気がして仕方がないと、おっしゃっていましたね」

「それで？」

「それ以上、聞くのも何なので、別れたんですが、そのあと、駒沢公園で刺されて殺されたと知って、あの話、本当だったんだと思いましたよ」

「三原社長は、誰かに、つきまとわれているといったんですね？」

「いや、つきまとわれているではなくて、誰かに、監視されているような気がする。そういったんですよ」

「そのことで、三原社長自身は、何か思い当たることがあるようでしたか？」

「その時、三原さんは、何もいいませんでしたが、おそらく、思い当たることが何かあったんじゃないかと思いますね」

と、安田が、いう。

「三原さんが、小さい声で、やっぱり金かなと、つぶやくのを聞きましたから、たぶん、面倒なところから、借金をしていて、それが返せなくて、狙われていたんじゃないかと思いますけどね。これは、僕が勝手に思っているだけで、証拠なんかは、まったくありません」

三田村と北条早苗の二人にとっては、それだけで、十分だった。

安田は、三原肇が、危ないところから借金をしていたと、考えているらしい。

三原は、中国占星術の大家、村越泉将との関係が深かったので、娘の村越幸恵から、殺人を依頼されたのだ。

警察は、そう見ている。もちろん、三原肇が、そんな危ないことをタダで引き受けるはずはないから、かなりの金を受け取ったに違いない。

たぶん、新人歌手の売り込みに、金がかかったのだ。

金をもらって、神木倫太郎を自動車事故に見せかけて殺した。ただ、その後も新人歌手の売り込みに金がかかったので、村越幸恵に金を要求し、口封じに殺されてしまったのではないか。

「一週間前から、村越夫妻が行方不明になっているのですが、安田さんに心当たりはありませんか？」

「そう先日聞かれたので、気になって調べてみましたよ。村越泉将先生が亡くなったあとも、娘の幸恵さんが父親の跡を継いで、横浜で中国占星術の店をやっています。馴染みの客をたくさん持っていて、幸恵さんのところに訪ねてくる客も多かったのですが、何でも一週間くらい前から、店が閉まっている。どうしたのかと、ウチの事務局のほうにも、問い合わせの電話が、その後あったんですよ。それで、これはと思うところに、問い合わせているのですが、今のところ、まだ分かりません」

「われわれも、村越夫妻に会って、いろいろと、お聞きしたいと思っているのですが、どうしても、行方が分かりません。われわれが調べてみると、亡くなった村越泉将さんの遺産などが、かなりあったんですよ。夫妻は、そこから三千五百万円下ろして、行方不明になってしまっているのです」

「三千五百万円もですか」

　安田は、一瞬、ビックリした顔になったが、

「ひょっとすると、もう、日本にはいないかもしれませんね」

「どうして、そう、思われるんですか？」

　と、早苗が聞く。

「幸恵さんと結婚した男性ですが、以前、私立探偵をやっていた頃、ある事件を起こして、執行猶予付きの有罪判決を受けたことがあるんですよ。そのことは、警察も、ご存じだと思いますが」

「もちろん、知っています。その事件のあとで、二人は結婚したということも、聞いています」

「その刑事事件を起こした頃のことなんですけど、われわれは、彼と幸恵さんが結婚することには、反対でした。その時に、噂として耳にしたことなんですが、彼は、時々、東南アジアなどを旅行することがあって、逮捕される直前も、タイに逃亡を考えていた。そんなことを、聞いたことがあるんです。ですから、彼は、タイを含めた東南アジアに、逃亡ルートのようなものを持っているのではないか？　逃げるとすれば、彼が発案して、東南アジア、例えば、タイなどに逃げ込んでしまったのではないでしょうかね」

「東南アジアですか」

「ええ、タイとか、フィリピンのマニラに行ったことがあるとか、聞いたことがあるんですよ」

「村越幸恵さんのほうは、東南アジアに行ったことがあるんでしょうか？」

「結婚したあと、一回か二回、夫婦で行ったことがあるような話を、聞いたことがありますよ」

と、安田が、いった。

とすると、二人は、すでに、日本から東南アジアに、逃亡してしまっているのだろうか？

6

三田村と北条早苗の二人が、捜査本部に戻ると、すでに、十津川は帰ってきていて、二人を見るなり、

「どうだった？」

と、聞いた。

二人が、安田から聞いた話を伝えると、

「三千五百万円を持って、二人で、タイかフィリピンに逃げたということも、考えられるんじゃありませんか？」

早苗が、いった。

「入国管理局に問い合わせて、一週間前から今日までの出国者と、帰国者のなかに、村越洋介と村越幸恵がいないか調べてくれ」

十津川が、いった。

「しかし、偽名のパスポートを使っているとすると、村越夫妻では分かりませんよ」

「いや、偽名のパスポートは、使っていないと思う」

「どうしてですか？」

「今もだが、村越洋介と村越幸恵の二人には、逮捕状は出ていない。だから、本名の、本物のパスポートで、悠々と、出国できるんだ。今までに出国しているとすれば、ニセのパスポートは使わない。本物のパスポートを使ったはずだ」

刑事たちは、いっせいに、村越洋介と村越幸恵の名前で、ここ一週間に出国したり、帰国した人間はいないかどうかを、各地の入国管理局に、問い合わせることにした。

時間はかかったが、丁寧に調べてくれた結果、ここ一週間、村越幸恵、村越洋介の名前で出国したり帰国した日本人は、いないことが分かった。

二人は、なぜ、まだ、出国しないのか？　なぜ、日本国内にいるのか？

そのことについて、十津川は、亀井と意見を戦わせた。

7

「おそらく、二人とも、まだ、切羽詰まった気持ちにはなっていないんじゃありませんか？　逮捕状も出ていないし、ウチも神奈川県警も、横浜の、あの中国占星術の店を見張っていませんからね」

亀井が、いった。

「そうだとすると、今の段階で、二人は、なぜ、三千五百万円もの大金を下ろして、一週間前から姿を消してしまったのだろう？　まだ、安心だと思っているのだったら、どうして、横浜から、姿を消したのだろうか？」

と、十津川が、いった。

「そうですね、二人ともまだ、切羽詰まった状況にはなっていないと考えているのかもしれませんが、不安も感じていて、何かをしようとしているのではありませんか？　そのために、姿を消したに違いありません」

と、亀井が、いった。

「カメさんの考えに私も賛成だ。それを考えてみようじゃないか」

と、十津川が、いった。

五年前の三月十日、東海道本線の富士駅で、原口圭一郎が、ホームから突き落とされて死んだ。その犯人は、村越幸恵か、私立探偵だった小野木洋介、現在の村越洋介のどちらかだろうと断定したのは、十津川警部たちである。

今までの五年間、原口圭一郎は、事故死だと見られていた。

原口圭一郎の結婚相手、井口美奈の名前は、テレビや新聞が取り上げていたが、村越幸恵の名前は、まったく、マークされていなかった。

ここに来て、五年前の二つの人身事故に、殺人の可能性ありとして、再捜査の空気が出てきた。

かつて、吉原新報が、二つの人身事故は殺人の可能性が高いと、盛んに書き立てたこともあった。村越洋介と幸恵の夫妻は、たぶん、安閑としていられなくて、五年前の三月十日についている自分たちの足跡を、消そうと考えたのではないだろうか？

村越幸恵が気になっていたのは、五年前の三月十日、東海道本線の吉原駅の近くにある、喫茶店「赤富士」で、オーナーの神木倫太郎と恭子の夫妻に、顔を見られていることだろう。事件の日のアリバイがあやうくなるからだ。今年の三月になって、ふと不安に駆られて、無記名の礼状という形で、手紙を出してしまった。だが、余計なマネをした、と洋介にいわれて、ますます不安になった。

事件の日に、現場近くにいたこと、顔を見られていること、それが、あのオーナー夫婦の証言にかかっている。

もし、神木夫婦がいなければ、彼女が、あの日に現場付近にいたことを証言する人間は、誰も、いなくなる。

そう考え、機先を制して、神木夫妻の口を封じようとした。ただ、自分たちがあの喫茶店に行ったのでは、かえって、危なくなってしまう。

そこで、自分の父親のところにたびたび訪ねてきて、父から教えを請うていた音楽事務所の社長、三原肇に頼むことにした。

三原にまとまった金を渡せば、殺しを引き受けてくれるだろうと、読んだのだ。

実際に、いくら払ったかは分からないが、亡くなった父の遺産のなかから、数百万単位の金を、三原肇に渡したのだろう。

そして吉原の近くで、三原肇が神木倫太郎に車をぶつけ、ひき逃げ事故に見せかけて殺したのだ。

それでもまだ、自分たちに疑いがかかってこないと、村越幸恵も夫の洋介も思っていたに違いない。

三原肇は、さらに、金が必要になり、村越幸恵に、金がほしいと申し出た。幸恵は、最初、三原から要求された金を、払おうと思っていたのだと思う。

だが、夫の洋介は、その後、三原肇の行動を監視するようになった。

二回目の金を払えば、口を閉ざして、黙ってくれるのかどうか、それを確認したくて、三原肇を尾行し始めたに違いない。

その結果を、村越洋介は、どう判断したのか？

このままだと三原肇は、さらに、金を無心してくると思ったのか、それとも、三原肇が怯えて、何もかも警察にしゃべってしまう恐れがあると思ったのかはわからないが、三原肇の口を封じておいたほうが安心だと、村越洋介は思ったに違いない。

そこで、三原肇を、駒沢公園に呼び出した。もう一度、頼みたいことがある、やってくれれば、もちろん金は払うといって呼び出したのか、三原肇が、しつこく無心してきて、その金を払うからといって、駒沢公園に呼び出したのかは、分からない。

いずれにしろ、三原は殺された。犯人は村越洋介だろう。ここまでは想像がつく。

そのあと、どうして夫婦が、三千五百万円も下ろして、行方をくらませてしまったのかということである。

捜査会議では、犯人は、村越幸恵と夫の村越洋介に間違いないという結論が出たが、完全な証拠は、まだ見つかっていない。見つかったのは、状況証拠だけである。

それなのに、なぜ、村越夫妻は、一週間も前に行方をくらましているのか？　何を、やるつもりでいるのか？

一つだけ考えられるのは、吉原の喫茶店「赤富士」のことである。

村越幸恵は、オーナーの神木夫妻に、顔を見られている。幸恵にとって、危険な目撃者なのだ。

そこで、三原肇に、神木倫太郎を殺してもらったが、まだ、妻の恭子が残っている。

神木恭子さえ、殺してしまえば、五年前の三月十日、村越幸恵が現場近くの吉原にいたことを証明する人間は、一人もいなくなる。

「村越夫妻は、海外に逃亡するほどの、切羽詰まった気持ちではないのでしょう」

亀井が、それが結論のようにいった。

「だから、まだ海外には逃亡していないということか？」

「そうです。わざわざ、海外に逃亡しなくても、一人だけ残っている目撃者、神木恭子を殺してしまえば、日本にいても大丈夫だと、思っているのかもしれません」

「それでは、なぜ、三千五百万円もの大金を持って、失踪したんだ？　大丈夫だと思っているのなら、前と同じように行動し、隙を見て吉原に行き、神木恭子を殺せば、それでいいんじゃないのかね？」

「確かに、そうですが、夫婦で吉原に行ったりすれば、すぐに、気づかれてしまいます。

そこで、失踪という手段に出たのではないでしょうか？　吉原の近くにいても、ほかの場所に潜んでいても、行動は自由ですから」

「しかし、三千五百万円もの大金を持って失踪したのは、どういう理由だろう？　それがどうしても分からないんだ」

「最近は、わずかな金で殺人を引き受けてしまう人間が、かなりいる。そんな物騒な世の中になってしまっています。村越夫妻は、最後には、自分たちの手で神木恭子を殺すより仕方がないと思いながらも、その一方で、金を出せば、神木恭子を殺してくれる人間が見つかると思って、探しているのではないでしょうか」

亀井がいうと、今度は、西本が反論した。

「確かに、危険な世の中になっていますが、私は、そう簡単には、金で雇えるような殺し屋は、見つからないと思います。それに、簡単に殺しを引き受けるような人間は、口が軽くて、信用が置けないのではないでしょうか？」

「村越幸恵も、村越洋介も、普通の人間で、暴力団との関係があるわけじゃない。だから、簡単に殺し屋を見つけることは、できないとは思う。その点は、君に賛成だ。だが、探しているとは思っている」

と、十津川が、いった。

「村越洋介が関係先で探しているとすると、同業の私立探偵ということになってきますね。私立探偵には、もちろん、真面目で誠実な人もたくさんいるでしょうが、なかには、危なっかしい人もいると聞いています。インテリやくざとでもいったらいいのか。よく私立探偵が刑事事件を起こして、捕まることがあるじゃないですか？　現に、村越洋介自身が、私立探偵をやっていた頃、刑事事件を起こして逮捕され、執行猶予付きの有罪判決を受けていますからね。私立探偵の線で、殺し屋を探しているのではないかと考えますが」

と、亀井が、いった。

「私立探偵の線か」

十津川が、つぶやいた。

その時、十津川と亀井の頭に同時に浮かんだのは、やはり、昔の部下で、今は警視庁を辞め、個人で私立探偵をやっている橋本豊（ゆたか）の名前だった。

第七章　私立探偵たち

1

個人で私立探偵をやっている橋本豊の事務所に、電話がかかった。

「君のところは、相変わらず仕事がなくて、困っているんじゃないのか？」

橋本が電話に出ると、いきなり、男の声が、そんなことをいった。

橋本は、一瞬、ムッとしながらも、男のいい方に、何となく引っかかるものを感じて、

「実は、そうなんだ。仕事がなくて困っているんだ」

相手に合わせるように、いってみた。

「それなら、ちょっとした金儲けの話があるんだが、やってみないか？」

「それは、まともな仕事なのか？　法に触れるような妙な仕事だったら、断るよ。この歳になって、また、刑務所に入りたくないからな」

橋本は以前、刑務所に入ったことがある。

相手は、電話の向こうで、笑った。

「そんな危ない話じゃないんだ。ただ、人を一人、見つけ出して見張り、何か動きがあったら、俺に、教えてくれればいい。それだけの簡単な仕事だ」

「引き受けたら、どのくらいの謝礼がもらえるんだ？」

「そうだな、一週間で、百万円。それでどうだ？」

と、相手が、いった。

「もし、うまくやってくれたら、二百万円出そう」

男が、いった。

「確かにいい仕事だな。ただ、仕事の内容が危険で、こっちの持ち出しになるようなことは困るよ」

「そんなことはないから、心配するな。人間一人を、まず見つけ出して、監視し、今いったように、何か、動きがあれば、俺に電話で知らせてくれればいいだけで、一週間で二百万円がもらえるんだ。どうだ、悪い話じゃないだろう？」

「まさか、その相手を誘拐しろとか、殺せというような、話じゃないだろうな？」

「バカなことをいいなさんな。今もいったように、ある人間を、ただ、見張っていてくれればいいんだ。そうだな、見張っていて、誰かに会ったり、少しおかしな動きをした

ら、知らせてくれればいい。誘拐しろとか、殺せとか、そんな物騒なことはいわない
よ」
「それなら、やってみるかな」
「ただし、一つだけ、条件がある。この仕事については、あくまでも、内密にしておい
てもらいたいんだ。それと、一週間は、この仕事に専念してもらいたい。ほかの仕事を
引き受けたり、この仕事のことを他人にしゃべってもらっては、困るんだ。今のことを
約束できるのなら、仕事の内容を、詳しく話したい」
と、男が、いった。
「一週間で二百万、間違いなく、もらえるんだろうね？」
「ああ、それは、約束する。だから、そちらも約束してもらいたい。絶対に、この仕事
について、ほかの人間に話さない。途中で投げ出したりしない。それを約束してくれる
のなら、仕事の内容を教える」
「分かった。覚悟を決めて引き受けるから、仕事の内容を話してくれ」
橋本がいうと、急に、相手が黙ってしまった。
「おいおい、二百万円の仕事、引き受けるよ」
と、いってみたが、相手は、まだ、何もいわずに黙っている。
男は無言のまま、急に、電話が切れてしまった。

2

　橋本は、しばらく考えていたが、受話器を取って、十津川警部に電話をした。

「今、妙な電話が、かかってきました。ひょっとすると、そちらで捜査中の事件と、関係があるのではないかと思って、連絡をしたのですが」

「捜査中の事件というと、五年前の人身事故が原因で、五年経った今、殺人事件が起きている。その事件を担当しているが、そのことか？」

　十津川が、いった。

「そうです。ところで、日下刑事は、そちらにいますか？」

「ああ、いるが、彼に、何か、用事でもあるのかね？」

「今、いわれたように、日下刑事が五年前に出会った人身事故について、調査中なんでしょう？　小野木洋介という私立探偵を、追いかけていると日下はいっていました」

「ああ、追いかけているが、依然として行方が、分からなくて困っている」

「そのことに、参考になりそうなことが起きたので、今から、そちらに行きます」

3

捜査本部に行き、橋本は、十津川警部に会うと、

「ご存じのように、私は私立探偵をやっていますが、そんな私に、突然、一週間で二百万円の報酬を払う仕事があるが、引き受けないかという電話が、かかってきました。話を聞いているうちに、こちらの捜査に関連があることではないかと思ったので、こうしてお邪魔しました。今、捜査本部で一番の問題は、どんなことですか？」

「五年前に東海道本線富士駅で起きた人身事故、続いて、大井川鐵道の無人駅での人身事故があり、それが原因と思われる、新たな殺人事件が今、起きている。われわれとしては、大事な証人がいるので、その証人を守ることが、現在、最大の仕事だが、同時に、その証人を利用して、何とか、犯人を逮捕したいと思っている」

「その証人というのは、どういう人なんですか？」

「やはり東海道本線の吉原駅前で、『赤富士』という喫茶店をやっている女性だ」

「当然、刑事が、その女性の警護に当たっているわけですね？」

「もちろんだ。ウチからも二名、刑事が出ているが、静岡県警からも刑事が出て、証人の警護に当たっている。われわれは、犯人が、その証人の口を封じに現れるのを待って

もいるんだ。何しろ、犯人が、現在どこにいるのか、まったく分からない状況なんでね」

「それで分かりました」

と、橋本が、いう。

「さっき、私のところにかかってきた奇妙な電話は、たぶん、行方不明になっている犯人からの電話だと思うのですが、個人でやっている私立探偵を、一人二百万円で雇って、その証人を見つけて、監視させるつもりなのではないかと思うのです。その人間に何か動きがあったら、すぐに、知らせる。それだけの仕事で、一週間で二百万円払うといっていましたから、たぶん、電話の主は、十津川さんたちが探している小野木洋介だと思います」

「人間一人を、一週間監視するだけで二百万円か」

「仕事のない私立探偵にしてみれば、こんなおいしい話は、ありませんよ。仕事がなくて困っている私立探偵なら、おそらく、二つ返事で、引き受けると思いますね。一人二百万、五人雇っても一千万です。たぶん、小野木洋介は、そのくらいの金は、持っているのかもしれません」

「ああ、持っているよ。小野木洋介こと村越洋介と妻の幸恵は、三千五百万円の大金を持って、逃亡中だ」

「なるほど」

十津川がいうと、橋本が、

「君に頼みたいことがある」

と、いい、ニッコリしながら、

「分かっています」

「私は、個人の私立探偵の組合に入っていて、世話役のようなことをやっています。組合員のなかには、仕事がなくて金に困っている私立探偵がいることも知っています。小野木洋介は、そうした私立探偵を狙い、二百万円の報酬をエサにして、勧誘するつもりだと思います。私は、そういう人間を探し出して、何とか警察のために働くように説得しますよ」

十津川の携帯が鳴った。

携帯を耳に当てていた十津川の顔色が、見る見るうちに、変わっていく。

「何とかして、探し出せ」

厳しい口調でいってから携帯をしまい、橋本に向かって、

「君に頼む必要性が、急に大きくなった」

と、いった。

「問題の証人が、襲われたのですか？」

「証人が消えたんだ」

「消えたということは、犯人に誘拐されたのですか？」

「いや、そうではなくて、どうやら、自分から姿を消したらしい」

と、十津川が、いう。

「よく分かりませんが」

「西本刑事と三田村刑事の二人を、証人の警護のために、吉原にやっていたんだが、その西本刑事から今、連絡があったんだ。証人の名前は、神木恭子。彼女が突然、姿を消したというんだ。もし、犯人が誘拐しようとすれば、彼女が騒ぐから、すぐ刑事が気付く。そうした気配のないまま、突然、姿を消した。神木恭子という証人は、自分の意志で姿を消したんだ」

「理由は何ですか？」

「今のところ、理由は、分からない。こうなると、犯人より先に、証人を見つけなければならない。だから、君に頼む比重が大きくなった」

「分かりました。これからすぐ、事務所に帰って、これはと思う私立探偵に、声をかけてみます」

橋本は、約束して、すぐ捜査本部を立ち去った。

4

十津川は、すぐ、日下を呼んで、

「君も、今からすぐ、吉原に行って神木恭子を探すんだ」

と、命じた。

そのあとで、十津川は、現在、吉原にいる西本刑事に電話をかけた。

「神木恭子が、姿を消した件について、もう少し詳しく説明してくれ」

「今日の午後二時に、神木恭子が、銀行にお金を下ろしに、自転車に乗って出かけました。前に神木倫太郎が、同じように銀行に預金を下ろしに行って、途中で車にはねられて死亡したので、私たちと静岡県警の刑事二人で、少し離れた距離で、彼女を警護して銀行まで行きました。銀行の中にまで入っていくわけにはいきませんので、外で待っていたところ、いつまで経っても、神木恭子が出てきません。慌てて中に入り、神木恭子のことを聞くと、支店長が、裏から出したというのです」

「支店長には、警護のことを話していなかったのか？」

「銀行の支店長にも、話を通しておけばよかったのですが、神木恭子に、警察の護衛がついているということを、あまり、知られたくなかったので、黙っていたのがいけませんでした。支店長は、神木恭子から、怪しい男に尾行されているので、下ろした金を持って出ていくのが怖い。だから、裏口から出させてくれ。そういわれたので、いわれたままに、裏口から帰してしまったと、そういうのです。それを、怒るわけにもいきませんでした」

「神木恭子がどこに行ったのか、まだ、分からないのか？」

「残念ながら、分かりません」

「それで、彼女は、銀行でいくら下ろして、姿を消したんだ？」

「支店長は、五十万円といっていますが、そのこと以上に驚いたのは、神木恭子が、ひそかに支店長に頼んで、自分の店を売却していたことです。急いで売却したので、一千万だったそうです」

「すると、彼女は、かなり前から店を売って、姿を消すことを考えていたことになるのか？」

「そうです」

「今、日下刑事をそちらにやった。三人で、何とか探し出せ。犯人よりも早く、彼女を見つけるんだ」

　十津川の声が、自然に、大きくなった。

5

橋本は、事務所に戻ると、個人の私立探偵の集まりである、個人私立探偵会の名簿を取り出した。

関東地方で私立探偵をやっている人間の、名前が載っている名簿である。

その中から、東京に事務所を持っている私立探偵の名前を、抽出した。さらに、最近、仕事がなくて、困っていると嘆いている私立探偵を、選び出していった。

橋本がメモしたのは、男七人、女三人の合計十人である。

その十人に、次々、電話をかけていく。

最初から、警察に協力してくれ、などとはいわない。こっちは、おいしい仕事がなくて困っているのだが、そちらはうまくいっているのかと、話しかける。

そうやって、何気ない話をしている間に、相手が今、どんな状況にあるのかを探り、推測するのである。

話をしている間に、ピンと来るものがあれば、相手に会いに行く。そう決めて、電話をかけていった。

最初に橋本がマークしたのは、根本勇（ねもといさむ）という二十八歳の私立探偵である。

根本は、大学を出たあと、三年間、一流企業で働いていたのだが、突然、クビになってしまった。その後、私立探偵の看板を出したのだが、若いのと、実績がないのとで、なかなか依頼人が現れず、いつも仕事がなく、金に困っている。

根本は、そういう男だった。

それが、電話をかけてみると、根本は、いやに弾んだ声で、

「そっちが、仕事がなくて困っているのなら、仕事をまわしてやってもいいよ」

と、いったのである。

そのくせ、どんな仕事なのか、いおうとしない。

橋本はすぐ、車で、根本の事務所のある京王線の千歳烏山（ちとせからすやま）に向かった。

千歳烏山の駅から、車で二、三分のところにある中古マンションの一室である。四階建てのマンションだが、古いマンションなので、エレベーターはついていない。

橋本が車から降りて、マンションの中に入っていくと、根本が四階から階段を降りてくるところだった。

根本は、橋本の顔を見ると、

「悪いけど、これから、人に会いに行く約束になっているんだ。おいしい仕事が、急に舞い込んできてね。その相談をするんだよ。君が困っているのなら、今日会う依頼人に、君のことを話してやってもいいけど、どうする？」

いやに、浮かれた表情で、いう。

「一週間で二百万の仕事か」

橋本がいうと、途端に、根本の顔色が変わった。

「やっぱり、その仕事か？　その仕事のことで、少し話をしないか？」

「いや、今はダメだ。急いでいるんだ」

「その仕事を引き受けたら、君は間違いなく、刑務所行きだぞ」

橋本は、脅かして、根本の足を止めさせた。

6

橋本は、根本を、四階の住居兼事務所に連れ戻した。

「俺にも今日、電話があって、一週間で、二百万の報酬がもらえる仕事があるんだが、やってみないかと、誘われた。そこで、俺は、どんな仕事なのか調べてみたら、驚くじゃないか。殺人事件が絡んでいるんだ。その殺人事件には、証人がいる。女性の証人だ。彼女がいる限り、犯人は、安心して眠ることができない。犯人は、俺たち私立探偵に二百万ずつ渡して、その証人を、どうにかするつもりなんだよ。依頼主のいうとおりにしていたら、さっきもいったように、君は間違いなく、刑務所行きになるぞ」

「今の話、本当なのか？」

　根本が、真剣な眼になっている。

「ああ、本当だ。今もいったように、俺も、同じ仕事を頼まれたんだが、あまりに話がうますぎる。それで調べたら、今、俺がいったようなことが、分かってきた」

「それじゃあ、俺は、いったい、どうしたらいいんだ？」

「この殺人事件は、警視庁と静岡県警が、合同捜査をしているんだが、それぞれ百万円ずつ、合計二百万円の懸賞金が出ている。君が、この殺人事件の解決に貢献すれば、二百万円の懸賞金を、手に入れることができるんだ」

「どうしたら、二百万円がもらえるんだ？」

「君は、犯人に、仕事を頼まれた。そこで、これから犯人に会いに行って、犯人の指示どおりに動きながら、犯人が何を考え、どうするつもりなのか調べて、それを俺に話してくれればいい。そうすれば、俺が、それを警察に伝える。結果的に、犯人の逮捕に繋がれば、君は間違いなく、二百万円の懸賞金をもらえる。俺が保証する」

「分かった」

「これからどこへ行って、何をするつもりだったんだ？」

　橋本が、聞く。

「新宿の西口に、ホテルSがある。三十八階建ての超高層ビルの中にあるんだが、十五階が、ロビーになっている。そのロビーのティールームに来いといわれている。相手がどんな顔をしていて、どんな人間なのか、俺は知らない。ただ、金が欲しくてね」

「どうやって、相手を確認するんだ？」

「赤いバラを一輪、胸に挿して、窓際のテーブルに座り、カプチーノを注文する。そうしたら、向こうから、声をかけてくる。そういうことになっている」

「時間は？」

「五時までに、来いといわれている」

「それなら、すぐ行ってくれ」

そのあとで、橋本は、すぐ十津川に電話をかけ、根本勇のことを報告した。

「私もこれから、問題のティールームに行ってみるつもりです」

最後に、橋本が、いった。

7

橋本自身も、新宿西口に行き、三十八階建ての超高層ビルの中の、十五階にあるホテルＳのロビーで、ティールームを覗（のぞ）いてみた。

現在、午後四時五十分、根本は、窓際の席に腰を下ろして、指示されたとおり、背広の胸のポケットに赤いバラを一輪挿し、カプチーノを飲んでいた。

橋本もコーヒーを頼み、広い店内を見まわした。疎(まば)らな客のなかに、田中(たなか)と片山(かたやま)の二人の刑事が、コーヒーを飲みながら、ちらちらと根本のほうを見ている。

（果たして、根本を一週間二百万円で雇った相手が、現れるのだろうか？）

橋本は、思った。

午後五時になった。

だが、入ってくる客は、誰も根本のテーブルには行こうとしないし、十分過ぎても、誰も現れない。

二十分過ぎて、橋本の不安が大きくなってきた時、突然、店内放送があった。

「根本勇様、根本勇様、いらっしゃいましたら、お電話が、入っておりますので、レジまでお出(い)でください」

（やっぱりだな）

と、橋本は思った。

犯人も、用心しているのだ。

根本はレジに行き、電話を受け取ると、何やら、話し始めた。もちろん、根本の声は、聞こえてこない。
二、三分話したあと、根本はテーブルに戻り、名刺を取り出して、何か書いていたが、そのままレジで金を払って、出ていった。

田中と片山の二人は、立ち上がると、根本の座っていたテーブルに行き、何かを見てからすぐ、ティールームを出ていった。

そのあとで、橋本は、自分のコーヒーカップを持って、根本が座っていたテーブルに、移っていった。

テーブルの上に、名刺が一枚、置いてあった。その裏に根本が、ボールペンで何か書き込んでいた。

8

田中と片山の二人は、この店に橋本がいることに気づいていて、根本の名刺を、そのままテーブルに置いて、出ていってくれたのだろう。

橋本は、その名刺を自分のポケットに入れた。

橋本は、店を出ると、ロビーを見まわした。チェックインする客もいれば、チェックアウトするらしい客もいた。

根本の姿も、田中と片山の二人の姿も、どこにもなかった。

エレベーターに乗り、一階まで降りながら、橋本は携帯を取り出して、十津川警部に電話をかけた。

「今、新宿西口のホテルSにいます。根本が、犯人と思われる人間と、ティールームで待ち合わせをするつもりだったようですが、結局、誰も現れませんでした。その代わりに、根本は電話で呼び出され、何か話をしたあと、出ていきました。二人の刑事も、尾行するためでしょうか、慌てて、出ていきました。犯人は、私立探偵の根本に、これからはお前の携帯に電話し、指示を与えるといったそうです。根本の携帯の電話番号を申し上げます」

橋本は、根本の携帯の番号を十津川に教えた。そして、一階に着いたエレベーターから、ホテルの出口に向かって、速足で歩いていった。

今度は、橋本の携帯が鳴った。

十津川警部からだった。

「君がいっていた、その根本という私立探偵だがね」

「私は、見失いましたが、田中と片山の二人の刑事が、現在、尾行しているものと思います」

「確かに、田中と片山が尾行している。現在、根本勇は、タクシーで東名高速を、西に向かっている。途中、二人は、反応を試そうと思って、君が教えてくれた根本勇の携帯にかけてみたといっている。ところが、何の反応もないんだよ。根本勇という私立探偵の持っている携帯の番号が違っているんじゃないのか？」

十津川が、いった。

「それはないと思います。根本勇は、自分の持っている携帯の番号を、教えてくれたのです。警部にお教えしたのは、その番号ですから」

「しかしね、田中と片山の二人が、何回もかけてみたんだが、まったく通じないといっている」

「ひょっとすると、根本は、犯人からの要求で、応えないでいるんじゃないでしょうか？」

「うむ。今、田中たちは、根本を尾行して、東名を走っているのだが、車間距離を縮めて相手を見ると、根本が、携帯をかけていたといっているんだ。その直後に、かけてみても、かからない」

十津川が、繰り返した。

十津川の声は、不機嫌そのものだった。

橋本は頭が混乱してしまった。間違いなく、根本勇は、警察に協力するといったのである。それも警察に協力したら、二百万円の懸賞金がもらえるかどうかを聞き、橋本がもらえるといったあとで、根本は協力するといい、彼の持っている携帯の番号を教えたのである。

それに、午後五時に、新宿西口の超高層ビルの十五階にある、ホテルSのティールームで、犯人と会うことになっていると、それも、根本のほうから教えてくれたのだ。午後五時過ぎのその時点まで、根本は、嘘をついていなかったことになる。ひょっとして、根本が教えてくれた携帯の番号を、橋本が、間違えてメモしてしまったのだろうか？

そんな不安さえ、感じてしまう。

「根本が、私に対して、嘘をいったとは思えませんが」

橋本が、いった。

「それでは、君が、根本の携帯にかけてみてくれ」

そういったあと、十津川は、

「今、尾行中の田中刑事から電話が入った。根本は今、電話を切ったところだ。自分の膝の上に、携帯を載せている」

十津川にせかされる感じで、橋本は、メモしていた根本勇の携帯の番号を、押してみた。

しかし、鳴らない。反応がないのである。

根本は、電源を切ってしまっているのか、嘘の携帯の番号を、橋本に教えたことになる。

十津川から、電話がかかる。

「どうだった？」

「申し訳ありません。今、根本勇の携帯にかけてみたのですが、反応が、まったくありません」

「そうだろう。田中と片山の二人が、今、向こうのタクシーに近づいていって見ていたのだが、根本勇は、膝の上に携帯を置いたまま、出る気配がなかったといってきた」

「そうですか」

「君は、根本に、嘘をつかれたんだよ。そうとしか思えないな」

「そうかもしれませんが、それにしてもおかしいですね。根本は、今日午後五時に、新宿西口のホテルSのティールームで、相手と待ち合わせをするといっていて、それは事実だったはずなんですが」

橋本は、いい訳がましく、いった。

「しかし、結果的に、根本勇という男は、君に嘘をついたんだ」

9

それから、さらに一時間ほどして、十津川から電話が入った。

「根本勇は、海老名(えびな)サービスエリアに入って、そこで待っていた女と会って、話をしている」

「その女というのは、今回の事件に、関係している女ですか？」

橋本が、聞いた。

「いや、証人の神木恭子ではないし、小野木洋介の妻、村越幸恵でもない。尾行した二人の刑事が望遠レンズを使って、彼女の写真を撮ったから、君のほうに送る。写っているのが君の知っている女だったら、すぐに、連絡をくれ」

と、十津川が、いった。

その直後、橋本のパソコンに、根本勇と一緒に写っている三十代と思われる女の顔写真が送られてきた。

橋本は、その顔に見覚えがあった。

原(はら)めぐみ、三十二歳。ひとりで私立探偵をやっている女である。彼女は、橋本が世話役をやっている個人私立探偵会の会員である。

橋本は、すぐ十津川に、電話をかけた。

「写真の女ですが、私が知っている、原めぐみという三十二歳の私立探偵です。今、確認しましたから、間違いありません」

「どういう私立探偵なんだ？」

「最初、彼女の夫が、私立探偵をやっていたんです。去年の十一月頃でしたかね、その夫が、若いのに、ガンで亡くなりましてね。妻のめぐみが、夫の跡を継いで、原探偵事務所を始めたんです」

「その原めぐみという女性は、私立探偵として、優秀なのかね?」

「女性らしく、きめ細かく生真面目な調査をするというので、なかなか人気はありましたが、それでも、毎日のように客が押しかけてくるというほどのことはなくて、金に困っている時も、あったと聞いています」

「その原めぐみと根本勇が、海老名サービスエリアで一緒にいるということは、二人とも、一週間二百万円の報酬で、仕事を引き受けたということじゃないのか?」

「そうかもしれませんが、何だか、自信がなくなりました。てっきり、根本勇は、警察に協力するものだとばかり思っていたのですが」

と、橋本は、元気のない声を出していった。

自信のないままに橋本は、責任を感じているのだろう。

「これから、どうしたらいいでしょうか?」

「そうだな、根本勇、それから、原めぐみという二人の私立探偵について、もう少し、調べてみてくれないか? 二人が、いったい、何をしようとしているのか、それが、知りたいんだ」

10

十津川は、事態の急激な進展に、戸惑いを感じていた。そのことを、亀井とも話し合った。

「ここのところ、予想外のことが、起きている。一つは、神木恭子の行動だ。神木恭子は、夫が死んだあとも、一人で吉原駅のそばで喫茶店をやっていた。彼女としては、本当に夫を殺した人間を、見つけ出したいはずだ。その気持ちで、店をやっているんだといっていたそうだ。その後も、自分が囮になっても構わないとまでいっていたらしい。ところが、ひそかに店を売却し、突然、自分の意志で姿を消してしまった」

「私も、神木恭子の話はいろいろと聞いていますから、彼女が、われわれに黙って、勝手に行動するとは思ってもいませんでした。彼女は、何とかして、夫の仇を討ちたい。神木倫太郎は、スポーツカーにはねられて死んだ。しかし、本当の犯人はそのドライバーではなく別にいると、固く信じているんですよ。たぶん、そのための失踪だと思いますが」

「私は最初、三田村刑事から神木恭子が失踪したと聞かされた時は、犯人に誘拐されたのではないかと思った。それ以外には、考えようがなかったからだ。しかし、うちの二人の刑事が、神木恭子の警護に当たっていたし、静岡県警からも、刑事が警護のためにやって来ていたから、その眼を盗んで彼女を誘拐することなど、できるはずはなかったんだ。どう考えても、神木恭子は、自分の意志で姿を消したとしか、私には、思えない」

「警部のいわれるとおりだと、私も思います。犯人と考えられるのは、村越幸恵と、彼女と結婚して村越姓になった小野木洋介、この二人しか考えられません。この二人で、警護の刑事たちの目をかすめて、神木恭子を誘拐することなど、とても、できそうにありませんから、神木恭子が自らの意志で失踪したものとしか考えられません。どうして、そんなことをしたのか？　分からなくて困っています」

「私も、神木恭子の行動は、不可解だよ。失踪する直前に、ああしたいとか、こうしたいとか、われわれに何かを要望したことは、まったくない。つまり、彼女一人が考えて決めたことなんだ。その辺のことが、不思議で仕方がない。神木恭子の周辺に、何かを決心する前に、相談するような人間がいたようにも思えないからだ」

十津川は、自分に問いかけるように、話した。

神木恭子が失踪した理由が分からない以上、どこを、どう探していいのかも分からないのである。

十津川は、橋本豊からの連絡を、そのまま受け取った。

犯人は、私立探偵を雇って、神木恭子を探しているのではないか？　それで、少しは安心したのである。

やはり、神木恭子は、犯人たちに誘拐されたのではない。あくまでも、自分の意志で姿を消した。

十津川たちが、神木恭子を、何とかして見つけ出そうとしているように、犯人も、神木恭子を探しているに違いないのだ。

「だから、私は、橋本が知らせてきた根本勇という私立探偵の話を、そのまま、信じたんだ。犯人は、たぶん、小野木洋介だと思うが、彼が、根本勇に、一週間で二百万円払うから、ある人間を見つけて、その行動を監視してくれと頼んだに違いない」

「私も、そう思います。根本が、警察に協力してくれれば、神木恭子もそのうちに見つかるでしょう。そして、犯人二人、特に、小野木洋介を、逮捕できるはずです。行方不明になってしまっていますが、彼と、妻の村越幸恵を逮捕して、五年前の人身事故の真相が、明らかになるだろうと期待していたのです。それが、途中からおかしくなってきましたね。今、刑事二人が、二百万円で雇われたと思われる私立探偵を尾行していますが、これからどうなるのか、まったく、分からなくなってしまいました。これでは、根本勇の協力を期待することは、まず無理なのではないかと思わざるを得ません」

亀井が、自分の考えを口にした。

「私は今、二つのことで、違和感を持っているんだ」

「違和感といいますと？」

「違和感といっておかしければ、そうだな、失望感かな。警察の捜査を期待して、自分が囮になることも辞さないといっていた神木恭子が、われわれに黙って失踪してしまった。そのことには、私は、大きな失望感を持っている。さらに、橋本豊から、警察に協力するという根本勇という私立探偵の話を聞いた。彼の協力で犯人を逮捕できると思っていたのに、根本が、本当の意味の警察の協力者ではないことが分かってきた。そのことにも、失望感を強くしているんだ」

「私も、警部と同じように、強い失望感を持っています。それをどう解消したらいいか、分からずに困っています。私立探偵がどう動くのか分かりません。正直にいうと、私は、神木恭子に、裏切られた気がしているんですよ」

「神木恭子が、われわれを裏切ったと、考えているわけか？」

十津川が聞くと、亀井は、当惑の表情になって、

「断定できなくて、困っているのです。彼女は、自分たちを裏切るような、そんな性格の女性ではないと思うのに、具体的な行動で、われわれを裏切っています。それで、今も、悩んでいるのです」

亀井が続けて、

「人間の気持ちなんて、しょっちゅう変わるものですからね。神木恭子も、夫が殺されたあと、一人で喫茶店をやっていました。たぶん、経済的にも苦しいと思うのですよ。

金が欲しくて、犯人と、勝手に取り引きをしたんじゃないかと考えました。村越夫妻は、三千万円以上の現金を持って逃げていますから、その金が欲しくて、神木恭子が犯人と取り引きをしたのではないかと思ってしまうのです」

「私も、そう思ったが、彼女は、ひそかに、吉原の店を売ってしまっていた。これで、いっそう、分からなくなってしまったんだよ」

「私は、神木恭子が、警察に協力するより、これからは気ままで、自由な生活をしたくなったんだと思いますよ。自分が姿を隠せば、証言しなくてもすみます。それで、村越夫妻は証拠不十分となって、警察の追及をかわすことができます。神木恭子のほうから持ちかけたのか、村越夫妻のほうから、ひそかに連絡を取って話し合ったのかは分かりません。神木恭子が姿を消して、証言しないのと引き換えに、村越夫妻から大金を受け取ったのではないか？　そんなことも、考えました。今も、頭の片隅には、その考えが浮かんでいて、いつまでも消えないのですよ。そして、それと同じことが、根本勇という私立探偵の場合もいえるんですよ。橋本豊の話では、根本勇は、懸賞金二百万円がもらえるのなら、警察に協力するといっていたそうで、橋本は、そんな根本の言葉を信用しているようですが、根本のほうは、もらえるかどうか分からない懸賞金よりも、村越夫妻が持っている大金のほうを、信用したんじゃないのでしょうか？　結局、根本勇も、彼が海老名サービスエリアで会っている女性の私立探偵も、村越夫妻が持っている大金が欲しくて、向こうに味方することに決めたんじゃないでしょうか？　みんな、正義よりも金ですよ」

結局、十津川と亀井は、神木恭子の失踪についても、私立探偵たちの裏切りについても、結論を下すことができなかった。

「とにかく、神木恭子を探し出すことだ。それから、私立探偵については、今後の推移を注意深く見ていくことだ」

今のところ、十津川には、そのくらいのことしか決められなかった。

11

東名高速の海老名サービスエリアで一緒になった私立探偵、根本勇と原めぐみの二人は、サービスエリア内のレストランで、夕食に中華料理を食べながら、何やら熱心に話している。

そのことを、尾行している田中と片山の二人の刑事が、十津川に報告してきた。

四十分ほどして、根本勇と原めぐみは、めぐみの車に乗って、海老名サービスエリアを出発した。

「根本勇は、そこまで乗ってきたタクシーを帰し、原めぐみの車で出発しました」

「根本勇が海老名で、原めぐみと落ち合うことは、前もって決めていたんだろうか？」

十津川がいうと、亀井は、

「決めていたとしても、おかしくはありません」

二人の乗った原めぐみの軽自動車は、東名高速を西に向かって走っている。

十津川は、吉原で高速を降りるだろうと予期していたが、そのまま降りずに、先に進んでいった。

さらに西に向かって走り、原めぐみの運転する車が、東名高速の吉田インターチェンジで、やっと高速を降りて向かったのは、ＪＲ金谷駅に近いＫホテルだった。

尾行していた二人の刑事も、少し遅れて、Ｋホテルに入っていった。

一階のロビーで、根本勇と原めぐみの二人は、もう一人の男、三十代に見える男と会い、話をしていた。

二人の刑事は、その三人をひそかにデジカメで写して、その画像を、捜査本部にあるパソコンに送信した。

その後、電話をして、

「根本勇と原めぐみの二人は、現在、Ｋホテルで、三十代と思われる男と会っています。この男は、小野木洋介ではありません。小野木洋介の顔は、私も知っていますから。たぶん、三人目の私立探偵ではないかと思うのです。橋本豊に聞いてもらえれば、知っていると思います」

と田中刑事が、いった。

十津川は、送られてきた三人の写真を橋本豊に転送してから電話をし、三人目の男を知っているかと質問した。

橋本が、答える。

「三人目の男ですが、秋山秀（あきやましゅう）という名前で、個人で私立探偵をやっている人間です。確か、年齢は三十五、六歳です」

「どんな男だ？」

と、十津川が聞く。

「福島の生まれで、向こうで高校を卒業したあと、警察官になっていました。ところが、生来の酒好きで、酔っぱらって交通事故を起こしてしまったのです。警察をクビになったうえ、地元にいられなくなり上京。最初は私立探偵の事務所に勤めたのですが、三年前に独立して、自分で私立探偵社をやっています。この男も、あまり、仕事がないんじゃありませんか？」

「金に釣られて、何かやらかす可能性は、高いわけだな？」

「一週間に二百万円もらえるなら、喜んで、何でもやるんじゃありませんか？」

と、橋本が、いった。

金谷にいる田中と片山から、十津川に電話が入った。

十津川が、橋本豊の話をそのまま伝えた。

「三人目の男は、秋山秀といって、ほかの二人と同じように、個人で私立探偵をやっているそうだ」

「今、根本勇と原めぐみの二人が、このホテルにチェックインしました。フロントの話によると、秋山秀は、昨日から泊まっていて、今日から根本勇、原めぐみの二人も、このKホテルに泊まることになりました」

「それで、村越夫妻は、そこに泊まっているのか？」

「二人の写真をフロント係に見せましたが、ここには、泊まっていませんね」

「村越夫妻が三人を雇ったとすれば、今日明日中に、連絡してくるはずだ。それを見逃すなよ」

と、十津川は、強い口調でいった。

橋本豊からも、十津川に電話が入った。

「明らかに、根本勇、原めぐみ、秋山秀の三人は、私が誘われたのと同じように、一週間二百万円の報酬で誘われたのだと思います。根本勇には裏切られましたが、これからKホテルに行って、三人を説得して、警察に協力するようにいおうと思いますが」

「いや、君は、行かないほうがいいだろう」

「どうしてですか？　私は、根本勇に裏切られたんですよ。これからKホテルに行って、アイツを捕まえて、どうして裏切ったのか、問い詰めてやりますよ。そうしないと、私の気が晴れません」

「そんなことをされては、事態をもっと悪化させてしまうことになる。君は、小野木洋介のことをよく知っているか？」

「ええ、知っています」

「逆にいえば、小野木洋介も、君のことを知っているわけだ。小野木洋介が、向こうで君を発見した途端に、連中は逃げ出してしまうはずだ。それでは困るんだよ。犯人に雇われた三人の私立探偵がどう動くのか、それを、じっくりと見てみたいんだ。そうしていれば、失踪してしまった神木恭子も見つかるだろうと、私たちは期待しているから、それを邪魔されたくない」

「しかし、何かやりたいんですよ。こんな失敗をして、このままにしてはおきたくないんですよ。お願いです。何かやらせてください」

橋本が、繰り返した。

「それでは、君に、東海道本線の吉原に行ってもらいたい。日下刑事のことは知っているね？」

「ええ、知っています。それで、吉原に行って、何をすればいいんですか？」

「日下刑事も、吉原に行っている。神木恭子の行方を探すためだ。だから、日下刑事に力を貸してやってほしいんだよ」

十津川は、三人の私立探偵がいる金谷のことを考えていた。

金谷から、大井川鐵道が出ている。その大和田駅で、五年前、ＳＬファンの小柴健介が死んでいる。そのことが、気になってくる。

十津川には、もう一つ、引っかかっていることがあった。

神木恭子のことである。

彼女は、警察に協力することを誓っていたのに、突然、無断で失踪してしまった。

失踪してしまえば、証言しなくてすむ。そのことを、ひそかに犯人の村越夫婦に伝え、証言しない代わりに、二人に大金を要求したのではないか。

亀井は、それを、正義より金が欲しくなったのだといった。

しかし、犯人（村越夫婦）のほうは、大金を使って、三人もの私立探偵を雇っている。

神木恭子は、取り引きを望んでいるのに、犯人は、神木恭子を殺す気でいるのではないのか。

そうなると、依然として、神木恭子は危険な立場にいることになる。

（どうしたら、いいのか？）

第八章　最後の戦い

1

十津川は、五人の名前を書き出した。

村越幸恵
村越洋介（小野木洋介）
根本　勇
秋山　秀
原めぐみ

この五人である。村越夫婦が、金をはたいて三人の私立探偵を雇った。その結果、五人で神木恭子を探し、何らかの決着をつけようとしている。

十津川が、考えているのは、こうしたストーリーである。

その神木恭子が行方不明だということは、すでに五人に捕まって、殺されてしまったのだろうか？

「もし、そうなっていたら、村越夫婦、特に、幸恵の行状について証言する証人が、消えてしまいますよ。そうなると、村越夫婦を捕えても、起訴できなくなってしまいます」

亀井が、怒っている。彼の怒りは、もちろん、村越夫婦と、金で動いている三人の私立探偵に向けられているのだが、行方不明の神木恭子にも向けられていることは、十津川にも分かった。

神木恭子が、なぜ、警察に連絡して来ないのか。なぜ、刑事を騙す形で消えてしまったのか。そんなに警察が信じられないのか。そういったことへの腹立たしさが、十津川にもあるのだ。

不満は、もう一つあった。橋本の仲間の根本勇という私立探偵のことである。橋本の話では、根本は村越夫婦、特に、村越洋介に大金で雇われ、神木恭子の行方を調べ、見つけたら、監視するように頼まれたが、それを橋本に打ち明けて、警察のために働くといってくれたという。

十津川は、その言葉を信じていたのだが、ここに来て、根本は裏切ってしまった。そうとしか思えないのだ。やはり、金が欲しくて、村越夫婦のために働くことにしたらしい。

「君は、根本勇という仲間に、最初から嘘をつかれていたんじゃないのか？」

亀井は、橋本に向かって、そんなことまでいった。

橋本の顔が、少しだけ青ざめている。

「最初からですか？」

「そうだよ。根本は警察の動きを知りたくて、味方のような顔をして、当たりをつけた君に接してきたんじゃないのか？　今になると、そうとしか思えん」

「もし、そうだとしたら、私には、人を見る眼がなかったことになりますが」

「根本というのは、どういう男なんだ？」

十津川が聞いた。

「普通の男です」

「普通というのは、どういうことなんだ？」

「二十八歳の独身男です。仕事もきちんとやるし、女も好きだし、そんな男です」

「金には弱いか？」

「確かに、金には弱いですが、悪い奴（やつ）じゃないんです。私に話している時、間違いなく、警察の味方をするといっていたんです」

「しかし、ここに来て、君を裏切っているじゃないか」

「それで、分からなくなってしまったんです」

橋本の声に、元気がない。

「やはり、君も吉原へ行って、日下刑事を助け、根本たちの動きを確かめてくれ」

橋本が出てゆくと、十津川の携帯が鳴った。

吉原に行っている日下刑事からだった。

「今、喫茶店『赤富士』にいるんですが、妙なことになってきました。この近くの不動産会社の社員がやって来て、今日、明日中に、この店をこわしたいというんです」

「どうしてだ？」

「神木恭子が、この店を、その不動産会社に売ってしまったらしいんです。土地ごとです」

「売ったのは西本刑事から聞いているが、いつ、売ったんだ？」

「今、不動産会社の人間と代わります」

日下がいい、中年の男の声になって、

「三日前ですよ。銀行の支店長の口利きでね。なぜか、一週間は黙っていてくれといわれていたんですが、うちとしても、早く更地にして、駐車場にしたいんで」

「いくらで、買ったんですか？」

「駅の近くだし、神木さんとは古い知り合いなんで、奮発して一千万円で買いました」

「現金で、払ったんですか？」

「ええ。どうしても、現金で欲しいといわれたもんで」

「三日前に、現金で一千万円、神木恭子さんに渡したんですね？」

「そうですよ。別に、警察に文句をいわれるような取引きじゃありませんよ」

「いや。そんなことはいっていません。あなたが一千万円を渡した時の、神木恭子さんの様子は、どうでした？」

「どうって、ありがとうと、お礼をいわれましたよ」

「神木さんは、一千万円を何に使うといっていました？」

「ご主人が亡くなっているんで、ご主人の供養のために使うのかと思って、そういったら、神木さんは、うなずいて、このお金で、思いきり豪華なお墓を作るんですと、いっていましたね」

「お墓ですか」

「しかし、おかしいんですよ。神木さんのご主人のお墓は、立派なのがもうできているはずなんです。私も、お参りしたことがありますから」

2

十津川の顔色が、変わっていた。

「現金で一千万円だよ」

十津川の声が、大きくなる。

「神木恭子が、店を売った金ですか」

「そうだ。失踪した彼女は、現金で一千万円を持っているんだ」

「その金で、何をしようとしているんでしょうか?」

亀井が聞く。

「カメさんにも、想像がついているんだろう?」

「想像はついていますが、その想像が当たっているかどうか、自信がありません」

「いや、カメさんの想像は、当たっているよ」

と、十津川が、いった。

十津川は、一つの想像を逞しくしていた。たぶん、亀井も、同じ想像を描いているはずなのだ。

神木恭子は、一人で、犯人と戦おうと考えた。店を売り、一千万円を手に入れ、その金を使って、自分の手足となってくれる私立探偵を雇うことを考えた。一人三百万払っても、三人は、雇うことができる。

同じ時に、村越夫婦も、自分たちのために動いてくれる私立探偵を雇った。

それが、三人の私立探偵だ。

根本　勇

秋山　秀

原めぐみ

この三人である。どちらが、先に雇ったのか。たぶん、村越夫婦のほうだろう。だが、三人は事件の真相を知って、村越夫婦を裏切り、神木恭子のために働くことにしたのではないか。

もし、この想像が当たっていれば、少なくとも神木恭子は、安全である。

しかし、人間の心は、分からない。三人の私立探偵がどう動くか、分からないのだ。金額次第で、最後に、村越夫婦側につく可能性だってありうる。

「それにしても、橋本だって、信用できませんよ」

と、亀井が、いう。

「どうしてだ？」

「私は、こう考えたんです。最初、村越夫婦が大金を使って、三人の私立探偵を雇ったのだろうと」

「その点は、私も同じだ」

「そのあと、三人は、橋本と話して、彼から事件の真相を聞き、村越夫婦を裏切って、神木恭子の味方につくことにした」

「そうだ」

「だとしたら、橋本は、すべてを知ってるわけでしょう。それなのに、われわれに向かって、しれっとして、自分も騙されたみたいな顔をしてたじゃありませんか。彼は、いったい、何を企んでいるんですかね？」

「神木恭子の意志だよ」

「意志——ですか？」

「神木恭子は、われわれ警察抜きで、殺された夫の仇を討つつもりなんだよ。われわれがいたら、絶対に、殺しは許さないからね」

「つまり、彼女は、村越夫婦を殺す気ですか？」

「たぶんね」

「しかし、彼らが向かったのは、吉原ではなくて、金谷ですよ」

「金谷から、大井川鐵道が出ている。五年前、東海道本線の富士駅で、人身事故をよそおって原口圭一郎が殺され、続いて、大井川鐵道の大和田駅で、小柴健介が殺されているんだ。吉原か、富士では警察が張り込んでいるが、無人駅で駅舎もない大和田駅なら、警察もいない。だから、大和田駅で事を起こすつもりだよ」

「われわれも、行きましょう」

亀井は、すぐ、腰を上げた。

3

二人は、車を飛ばして、金谷に向かった。

事情を三上刑事部長にも他の刑事たちにも知らせずに、出発した。自分たちの想像が、果たして当たっているかどうか自信がなかったし、また、刑事たちを連れて、大和田駅に行ったのでは、村越夫婦も、神木恭子も警戒して現れず、事件を、いっそう難しいものにしてしまうのを恐れたからだった。

途中、吉原に寄って、西本、三田村、日下の三人を車に乗せた。

さらに、金谷に向かって走る間に、三人の刑事に事情を説明した。

「これは、今のところ、私とカメさんの想像でしかないんだ。ただ、可能性は高いと思っているし、想像が当たっていれば、大井川鐵道の大和田駅で、事件が起きる」

「神木恭子は、一人で、村越夫婦を相手にするつもりなんでしょうか？」

　西本が、聞く。

「三人の私立探偵、いや、橋本を入れて四人が、味方するかもしれん」

「私立探偵は、四人とも、金で動いてるわけでしょう？」

「金と、少しの正義感だ」

　十津川が訂正した。

「そんな連中なら、危うくなったら、きっと逃げ出しますよ」

「かもしれん。その時には、われわれが神木恭子を守るし、彼女にも、絶対に殺人はさせない」

　十津川は、自分にいい聞かせるように、いった。

　万一に備えて、十津川と亀井は、自動拳銃を持ってきていたが、それを使う場面になるかどうか、想像はつかなかった。

　神木恭子は、警察を除外して、村越夫婦に会おうとしている。警察がいない所で、ということは、相手を殺すつもりなのだろう。いったい、どんな方法で、神木恭子は相手を殺そうと考えているのか？

　ナイフで刺すつもりなのか。それとも、どこかで拳銃を手に入れて、それで村越夫婦を射殺する気なのか。

三人の私立探偵は、金谷のKホテルにチェックインしていて、彼らを尾行した刑事も、そこにいる。

十津川は、Kホテルには向かわず、暗くなった夜の金谷を避けて、大井川鐵道に沿って、北上することにした。

JR金谷駅に隣り合う恰好で、大井川鐵道の金谷駅がある。小さな駅である。

金谷↓新金谷↓代官町↓日切↓五和↓神尾↓福用↓大和田
とあって、大和田駅は七つ目の無人駅である。

大和田の次の家山駅は、鉄道沿いの国道に、約一キロにわたって、桜のトンネルが続くことで有名である。約三百本のソメイヨシノの並木がある。

その家山駅に比べて、大和田駅のほうは無人駅で、いつも静かである。だから、じっくりとSLの写真を撮るにはと思って、大和田駅を小柴健介は選んだに違いない。

十津川は、わざとゆっくり車を走らせ、大和田駅に着いた時は午前零時を過ぎていた。

終列車は、すでに出てしまっている。十津川は、駅の近くに車を止めた。

村越夫婦と神木恭子は、今、どこにいるのだろうか？　明日の何時頃に、連中は、この駅に現れるのか？

また、三人の私立探偵と橋本は、どんな形で現れるのか。それとも、村越夫婦と神木恭子を、大和田駅に行くようにしておいて、自分たちは姿を消してしまうつもりなのか。

夜が深くなっていく。

五人は、交替で、車の中で仮眠をとることにした。

十津川が、ふと、眼をあけると、周囲は、ほの明るくなっている。

腕時計を見ると、午前五時三分。間もなく、陽（ひ）が上ってくるだろう。

亀井も眼をさましたと見えて、

「間もなく、夜が明けますね」

と、小声で、いった。

確実に、周囲がほの白くなってくる。

大和田駅のほうで、急に、物音が聞こえた。

十津川たちの車とは反対側に、ワンボックスカーが止まり、五人の男女が、降りてきた。

4

車を降りた五人は、大和田駅のホームに、上がって行く。

まだ、列車は走っていないし、無人駅は、ひっそりと静かである。

村越洋介こと小野木洋介は、ホームに立って周囲を見まわしてから、三人の私立探偵に向かって、

「ここに、神木恭子は、間違いなく、現れるんだろうな?」

「私たちの仲間が、彼女を騙して、ここに、連れてくることになっています。間もなくです」

根本勇が、いった。

「君たちの仲間の一人というのは、何という名前だ?」

「名前は、橋本豊です。私たちと同じで、金になるのなら何でもオーケーという男です」

「彼か。私が、君たちに渡した金は、その橋本豊に渡っているんだろうね?」

「二百万、渡してあります」

「橋本豊は、うまくやっているんだろうね? 神木恭子に感づかれて、逃げられたりしてないだろうね?」

「大丈夫です。相手の神木恭子は、普通の女で、武術の達人でもありませんから」

「そのくらいのことは、私だって知ってる。それから、警察は来ていないだろうね?」

「その点は、安心してください。橋本が、うまく警察を騙していますから」

「本当に、警察を騙せたのか?」

「私たち三人と橋本の四人で、騙しながら、二重にワナを仕掛けてありますから、そのことには気づかれません」

根本は、そういってから、

「どうやら、来たようです」

軽自動車が近づいて来て、駅の近くで止まり、二人の男女が降りてきた。

神木恭子と、橋本である。

ホームに上がってきて、神木恭子は、そこに村越夫婦と、三人の私立探偵がいるのを見てニッコリした。

「村越夫婦を、連れて来てくれたのね?」

「――――」

「どうしたの? 成功報酬なら、間違いなく、あとでお支払いするわよ」

「それが、ですね――」

「何なの? はっきりいってよ」

「あなたがくれた金額より、こっちの村越夫婦の額のほうが、大きいんですよ。成功報酬もです。まあ、物事すべて金次第といいますから、諦めてください」

橋本が、いう。

村越夫婦が、ニッコリする。

「そういうわけでね。最初から、こちらとあんたとじゃ、力の差がありすぎたんだよ。諦めるんだな」

「私を、どうする気なの？」

神木恭子の顔が、青ざめている。

「そうですねえ。私たちを忘れろといっても無理だろうから、永久に忘れるようにしてあげるよ」

洋介が、笑いながら、いう。

「ちょっと、待ってくれないか」

と、橋本が口をはさんだ。

「なんだ？」

「神木恭子さんを、どうしても殺さなきゃならないのか？　彼女が生きていたって構わないだろう？　どうしても困る存在なら、わけをいってくれれば、眼をつむって何も見ないことにする。金をもらってるからね」

「五年前、人身事故に見せかけて、二人の人間を殺した。この女は、直接の目撃者じゃないが、間接的な目撃証人なんだ」

「そうか。神木恭子の夫も、そろって目撃者だったんだね」

「私が、事件の日に、神木夫婦から目撃されてるのよ」

村越幸恵が、叫ぶように、いった。

「なるほどね。しかし、この大和田駅では、なんにもやってないんだろう？」

「おれが、この駅で小柴健介を殺したんだ」

「そうなのか。場所と人間が繋がってしまっているから、ある場所、ある人間の目撃証人の神木恭子さんは、どうしても、口封じに殺す必要があることになるんだな」

「むだ口を叩いていないで、黙って、眼を閉じているんだ！」

村越洋介が、急に大声を出した。

とたんに、橋本は、負けずに大声で、

「これで終わりだ！　今の会話は録音した」

と、叫んだ。

「なんなんだ？」

洋介が、橋本を睨む。

「私立探偵は四人とも、最初から君たちを見限って、神木恭子さんの側についていたんだ。それに、神木恭子さんのほうが、君たちより、信用できるんでね」

「畜生！」

村越洋介は口汚く叫ぶと、ポケットから、ナイフを取り出した。

「おれたちを、警察に引き渡そうとしてる奴は出て来い。殺してやるぞ！」

村越洋介がナイフを取り出した時、十津川たちが、駅のホームに駆け上がってきた。
「殺人容疑で、逮捕する！」
亀井が、怒鳴る。
村越洋介は、ホームから線路に飛び降りて、反対側に走って逃げようとした。
突然、鋭い銃声が、とどろいた。
線路をまたいで逃げようとした洋介が、呻き声をあげて、その場に転倒した。
十津川は、反射的に背広の内ポケットに手を入れて、用意してきた拳銃を取り出した。
(何処から、射ってきたのか？)
周囲を見まわしたが、分からない。
倒れていた洋介が、のろのろと、立ち上がった。
「立つな！　しゃがんでいろ！」
十津川が叫んだ時、二発目の銃声が、鳴りひびいた。
また、洋介が呻き声をあげて、その場に崩れ落ちた。
十津川は、銃声のした方向に向かって駆け出した。亀井も、続く。
古びた家があった。その家の背後にまわった。
女がいた。拳銃を持っている。
十津川は、彼女に拳銃を突きつけた。見覚えのある顔だった。

「井口、いや鈴木美奈だな。銃を捨てなさい」

十津川の言葉に合わせるように、女が、拳銃を地面に落とした。

亀井が、素早く、女の手に手錠をかけた。

「小野木洋介は、死んだ？」

女が、聞いた。

「わからないが、二発も射たれたんだ。重傷だよ」

十津川が教えた。

「よかった」

女が、つぶやいた。

5

女二人と、私立探偵四人が、まず、逮捕された。

次に、村越幸恵。

射たれた村越洋介は、すぐ、救急車で近くの病院に運ばれたが、死亡した。

十津川は、逮捕した村越幸恵を、最初に、訊問（じんもん）することにした。

「今日は、最初から、神木恭子を殺すつもりだったのかね？」

十津川が聞くと、幸恵は、

「最初は、二人で、東南アジアにでも逃げようと思ったんですよ。でも、証人がいなくなれば、日本にいても、構わないんじゃないかと思い直したんです」

「それで、神木恭子の動きを見張るのに、私立探偵を雇ったんだね？」

「そうしたら突然、神木恭子が失踪してしまったので、慌てたんですよ。洋介が、金さえ出せば、それも私立探偵が探してくれるというので、頼むことにしたんです」

「しかし、結局、その私立探偵たちに、裏切られたんだね？」

「金で動く私立探偵に正義感があったなんて、びっくりしましたよ。おかしな世の中」

「おかしな世の中か」

「それにしても、村越を射ったあの女、どういう女なんですか？」

幸恵が、聞く。

「覚えていないのか？」

「ええ」

「井口美奈だよ。五年前、君は、東海道本線の富士駅で、原口圭一郎をホームから突き落として殺した。その原口圭一郎が、結婚することになっていた女性だよ」

「でも、おかしいわ」

「何が？」

「五年も経ってるんですよ。それに私は、原口圭一郎さんの相手の女性は、他の男性と結婚して、子供もできたと聞いているんです。それなのに、五年も経って、いきなり仇を討つなんて、おかしいんじゃありません？」

「それは、これから、本人に聞いてみるよ」

と、十津川は、いってから、

「彼女は、君も、射殺するつもりだったのかもしれないな」

6

このあと、十津川は、神木恭子を訊問した。

「どうして、われわれ警察に内緒で、村越夫婦と戦おうとしたんですか？」

少しばかり、非難を込めて聞くと、恭子は、

「私ね、疲れてしまったんです」

「なんに疲れたんですか？」

「主人が、突然、亡くなってしまって」

「ひき逃げ事件も、元を正せば、われわれの失敗です」

「主人が亡くなって、二、三日、私は、何をするのも嫌になって、ぼおっとしていまし

た。どんなに、大きな存在だったか、思い知らされたんです」

「しかし、あなたは、ご主人の仇を討ちたいという思いで、一人で喫茶店を再開された。あなたは、自分が考えているよりも、強い人なんですよ」

「他人には、強い女に見えたかもしれませんが、一人になると、恥ずかしいくらい弱くて、だらしがないんです」

「それなら、あとのことは、すべて、警察に任せればよかったじゃありませんか」

「ええ。そう思うこともありました。そんな時、突然、彼女が訪ねてきたんです」

「ああ、井口美奈さんですね?」

十津川は、わざと、さんづけで、いった。そのほうが、恭子が話しやすいと思ったからである。

「最初は、戸惑いました。彼女も、五年前の事件の被害者ですけど、その後、結婚して、子供もできていたんですよ」

「そうです。鈴木という男性と結婚しています」

「それなのに、旧姓の井口で、私に会いに来たんです。話している間に、だんだん、私と彼女が、五年前の事件からあと、傷がどうしても治らずにいることが分かってきたんです。私のほうは、正確には、最近、主人を殺されてからなんですけど、やはり、原因は五年前ですから」

「井口美奈さんは、どんなことを話したんですか？」

「五年前に、突然、恋人を殺されてしまった。その後、両親に勧められるままに平凡に結婚し、子供もできた。それでも、五年前にできてしまった心の空洞が、消えてくれないんですって。このままでは、ご主人に申し訳ないし、なによりも、子供に悪い。そう思って、先日、ご主人に頭を下げて離婚してもらい、旧姓に戻るつもりだといっていました」

「そのあと、どんな話を？」

「美奈さんが、いうんです。井口という旧姓に戻ろうと思ったら、夢の中に、五年前に亡くなった原口さんが、しきりに出てくるようになった。今までは遠慮して出て来られなかったんだろうと、おっしゃってました。遠慮なく、原口さんの夢だけを見ていると、やっぱり、私はこの人が好きだったんだなと思い、きっと、彼は無念のうちに死んだに違いない。だから、何としてでも、私が仇を取ってやらなければと思うようになったというんです。私は聞いているうちに、神木のことを思い出して、やたらに涙が出てしまって。彼も、きっと、口惜しがっているんじゃないかと」

「しかし、神木倫太郎さんを殺したのは三原肇という男で、この男も、すでに殺されていますよ」

十津川がいうと、恭子は、小さく笑って、

「真犯人が別にいることは、刑事さんだって、ご存じなんでしょう。主人が亡くなったあと、私の人生はもう脱けがらみたいなもので、ただ、主人を殺した犯人を見つけ出して、仇を討ってあげたいという気持ちだけで、生きてきたようなものなんです」

「なるほど。井口美奈さんと、気持ちが通じたわけですか？」

「私も美奈さんも、もうこの世にいない人が好きで、あの世に行ったら、彼に、あなたの仇は取ってあげたわよと、いってあげたい。その気持ちは、一緒だったんです」

「そのあと、あなたは、あの店を処分した」

「ええ。どうせ、主人の仇を討ったあとは、私も死ぬことになるだろうから、もう、あの店もいらなくなったし、お金も、必要だと思って」

「そのお金を使って、私立探偵を雇ったんですね？」

「あれは、本当は、橋本豊さんのほうから、話があったんです。村越夫婦が、私立探偵を三人雇って、あなたを消そうとしていると教えてくれたんです。どうしたらいいか聞いたら、橋本さんは、こんなことをいうんです。三人の私立探偵だって、それなりの正義感は持っている。どうですか、あなたがこの三人を雇いませんか。そうしたら、村越夫婦のいいなりになっている振りをして、あなたに向こうの情報を教えて、あなたの思う場所に、村越夫婦を連れ出してやるというんです」

「橋本の言葉を、信用したんですね？」

「ええ。話を聞いているうちに、この人は信用できると思ったんです」

「そのあとは？」

「お店を売ったお金があったので、それで、三人の私立探偵を雇うことにしました。それから、橋本さんの忠告に従って姿を消すことにしました。井口美奈さんと一緒にです」

「今日、現場で、あなたはナイフを用意し、井口美奈さんは拳銃を使った。あれは、どうやって調達したんですか？」

「橋本さんが、村越夫婦が、どんな武器を使うか分からないというので、私たちも、彼に頼んで、武器を手に入れることにしたんです。私は銃が怖いので、ナイフでいいと美奈さんにいったんですけど、美奈さんは、どうしても拳銃が欲しいというので、橋本さんに頼んだら、刑事時代のコネを使って、手に入れてくれたんです」

「彼女は、どうして拳銃を欲しがったのかな？」

「それは、本人に聞いてください」

7

井口美奈は、妙に満ち足りた顔をしていた。十津川は、そのことが気になった。

「人を殺したのは、初めてですか？」

「ええ。もちろん」

「今は、どんな気分ですか？」

「ぼおっとしています」

「銃が好きなんですか？」

「ええ」

「女性では珍しいですね」

「亡くなった原口が、マニアだったんです。本物が駄目なので、モデルガンで我慢してましたけど、グアムへ旅行した時なんかには、二人で本物の銃を射って、喜んでいたんです」

「つまり、原口さんの影響で、あなたも、銃が好きになったということですか？」

「ええ。とても可愛かったんです」

「可愛い？　何がです？」

「日本じゃあ、本物の拳銃は持てないでしょう。だから、原口はモデルガンで我慢しているんですけど、私に、一生懸命、説明するんですよ。このトカレフは頑丈で、破壊力はあるが、命中率は悪いとか」

「今日、あなたが使ったのは、そのトカレフですよ。知っていましたか？」

「ええ。原口が集めたモデルガンのなかで、彼が、一番好きな拳銃でしたから」

最後に、十津川は、橋本豊を訊問することになった。

かつては、自分の部下だった男である。今回は、まんまと騙されたのだが、不思議に、不快な気持ちはしていなかった。

「今回は、楽しかったろう？　まんまと、警察を騙したんだから」

十津川が笑いながらいうと、橋本は、

「私も、まんまと、騙されました」

と、いう。

「誰に？」

「神木恭子にです」

「しかし、彼女は、君の指示どおりに、動いていたんだろう？　三人の私立探偵を雇ったし、姿を隠してしまった」

「しかし、井口美奈という女性のことは、まったく知りませんでした。神木恭子は、ひと言も、連れがいるなんてことは、話してくれませんでしたから、今日、突然、あの女が現れて、拳銃をぶっ放したんで、びっくりしてしまったんですよ」

「あのトカレフは、君が用立てたものじゃないか。そう聞いたが」

「そうなんです。ひょっとして、村越夫婦が、どんな武器を持ってくるか分からないので、こちらも、強力な武器が欲しいというので、トカレフを用意したんです。そうしたら、神木恭子が打合せの時、ナイフを持っていたんで、ほっとしたんです。あのトカレフはどうしたんですかと聞いたら、怖くなったんで川に捨てましたといわれて、安心していたんです。すっかり、騙されてしまいました」

「しかし、君は、いろいろと、神木恭子にサジェスチョンを与えたそうじゃないか」

「そうです」

「なぜ、そんなことをしたんだね？」

「私は、今回の一連の事件を、比較的冷静に見ていました。そんな時に、犯人の村越夫婦が大金を使って、私立探偵を三人雇ったという知らせが入ったんです。私は、個人の私立探偵組合の世話役をやっているので、この仲間の三人から、今回のことを聞き出したんです。それで、今いった村越夫婦の動きが分かったんです。三人の仲間は、ほどほどには欲張りの連中ですが、それでも、村越夫婦の申し出には疑いを持ったんだと思いますね。ある女性の行動を監視するだけで、二百万も払うというんですからね。犯罪に絡んでいるんじゃないかと疑って、今も警察と親しい私と、計画を立てたんですよ」

「すぐ、村越夫婦が絡んでいると分かったのか？」

「分かりました」

「すごいな」

「私にも、村越夫婦から、同じ電話があったからです」

「なるほど」

「私は、すぐ、十津川さんに、連絡を取ったんです。何といっても、これは刑事事件ですから」

「それは、違うな」

十津川は、苦笑してしまう。

「君は、私に連絡する前に、神木恭子に連絡を取った。だから、君は、警察を騙す方向に進んでしまったんだ」

「わかりますか？」

「わかるさ。君がまず、私に連絡して相談していたら、警察と、君たちと、村越夫婦、それに神木恭子が、大井川鐵道の大和田駅に集まって、われわれは、村越夫婦を逮捕して、ジ・エンドになっていたはずだ。ところが、君は、警察より先に神木恭子に連絡したために、君の重心が彼女のほうに傾いて、結果的に、警察を騙すことになったんだ」

「弁明させてくれませんか」

「いいだろう」

「初めは、神木恭子を説得して、警察に協力して、村越夫婦を逮捕することにしたいと思ったんです。嘘じゃありません。ところが、神木恭子に会って話しているうちに、警察に協力してというのは、まず、無理だとわかりました。彼女は、自分の力で、夫を殺した真犯人に復讐（ふくしゅう）する。あの世へ行った時、夫に会えたら、あなたの仇を取ってあげたわと、胸を張っていいたいというのです」

「それだけか？」

「神木恭子が、つくづく、いっていたのは、夫が殺されてしまったあと、自分は精神的に参ってしまい、こんなにも夫を愛していたのかと思い、すぐにでも夫のあとを追って死にたかった。ただ、自分の手で、夫の仇を討つという気持ちだけで生きてきたのだから、もし、警察にすべてを任せるというのなら、すぐにでも、死にたいと思ってしまう。神木恭子に、そういわれたんです。これで、すべてを警察に任せるわけにはいかなくなってしまったんです」

「簡単にいえば、神木恭子と井口美奈の仇討ち、私的なリンチを助けたことになる」

「それほど、簡単じゃないんですが」

「君たち私立探偵は、刑事事件に介入することはできないんだよ。そのうえ、殺人幇助（ほうじょ）、拳銃不法所持、重罪だな」

十津川は、決めつけるようにいった。

8

十津川は、橋本豊を筆頭に、四人の若い私立探偵の名前を並べて、三上刑事部長に、報告した。

「この四人は、どうしようもない連中です。たぶん、自分たちを、ヒーローと錯覚したんじゃないでしょうか。自分たちが、二人の女性に仇を討たせてやったんだと思っているんですよ。そして、大罪を犯しているんです。殺人幇助、拳銃不法所持。刑務所行きはまぬがれませんね」

十津川が、厳しく非難すればするほど、三上部長は、逆に、橋本たちをかばおうとする。

「しかし、その四人のおかげで、今回の事件が解決したといえるんじゃないのかね？確かに、新しく死者が出てしまったが、彼らが殺したわけではないし、われわれが人身事故で片付けてしまった五年前の殺人の犯人、村越幸恵を逮捕できたのも、彼らのおかげじゃないのか？」

「そんな風に、彼らをかばうから、自分たちを、ヒーローだと錯覚してしまうんですよ。ここは、厳罰をもって臨むべきなのです」

十津川は、頑固に自説を曲げようとしない。

そうなると、三上も、さらに態度を硬化させていく。

「今、四人を厳罰に処してしまったら、今後、警察に協力しようとする民間人は、いなくなってしまうんじゃないのかね」

「あれは、警察に協力したとはいえません。われわれを騙したんですから」

「私には、そうは思えないがね。とにかく、橋本君は、君に連絡してきた。おかげで、捜査の糸口をつかみ、結果として君は、大井川鐵道の大和田駅をマークできたし、事件を解決できたんだろう？」

「しかし、殺人が起きてしまいました」

「君は、井口美奈という女の存在を、忘れていたんじゃないのかね？　正直に、いいたまえ」

「申し訳ありません。確かに、忘れていました」

「警視庁捜査一課のエリートの君も、彼女のことを忘れていたんだ。今回の事件で村越洋介が殺されるのを誰も防げなかったとしても、仕方がないだろう。それでも、橋本君の責任だというのかね？」

「しかし、責任は彼らにあると、私は思っています」

「君も頑固だねえ」

「こういうことには、頑固でいたいと思っています」

十津川は、負けずに、いい返した。

十津川は、橋本たち四人は、殺人幇助と、拳銃不法所持の二つの容疑で送検することを主張した。

これには、亀井たち刑事の大部分が反対した。珍しいことだった。

特に、若い西本や、日下たちは、橋本と同期で警視庁に入ったこともあって、橋本たちの起訴に、強く反対した。

9

結局、井口美奈、神木恭子、そして、村越幸恵は、起訴されたが、橋本豊、根本勇、秋山秀、原めぐみの四人の私立探偵は、起訴されなかった。

四人が、起訴されずにすんだのには、神木恭子と、井口美奈が書いた上申書が、大いに力を持った。

上申書（神木恭子）
私、神木恭子は、夫、神木倫太郎が、亡くなった時、ショックのあまり、あとを追おうと考えました。神木の生きていた時には、彼がどれほど大きな存在なのか、気がつかなかったのです。そんな私が、今まで、死なずにすんだのは、ただ一つ、殺された夫の仇を討ちたいという思いでした。夫は、一応、三原肇という音楽事務所の社長に、自動車事故に見せかけて殺されたことになっていましたが、真犯人がほかにいることは、誰もが知っていたのです。

真犯人は、村越夫婦。しかし、失踪してしまった村越夫婦を探すことは、私には不可能でした。その時、すでに、村越夫婦は、私立探偵を雇って私を始末しようとしていて、橋本さんが、そのことを私に教えてくれたのです。私は、幸い店を売れば、まとまった金を持つことが可能でしたので、逆に、その私立探偵を雇うことにしました。私立探偵たちに助けてもらおうとした。いや、これは嘘です。私は、若い私立探偵を利用してやろうと考えたのです。私から見れば、彼らの良心や正義感を利用することなど、簡単なものでした。彼らの自尊心をくすぐってやればいいんですから。私は、おかげで望みをとげることができましたが、あの若い私立探偵さんたちには、悪いことをしたと思っています。

上申書（井口美奈）

私は、とうとう、五年前に殺された原口の仇を討つことができました。五年前、突然、原口が、東海道本線の富士駅でホームから落ちて、列車にはねられて死亡したといわれた時、私は死にたいと思った。原口のいない生活など、考えられなかったからです。しかし死ねなかった。それだけではない。両親の勧めるままに、鈴木というサラリーマンと結婚し、子供も生まれた。鈴木は、優しかったし、子供は可愛かった。それでも、私は、何か自分が間違った方向に歩いているような気がしていた。

五年後の今になって、原口の死は、やはり事故ではなく、殺されたことが分かってきた。その瞬間、私は、優しい夫や、可愛い子供がいながら、虚しさから逃げることができなかった理由が、突然、分かったと思ったのです。今、私の仕事は、原口の仇を討つことしかなかったのです。幸い、神木恭子さんという素敵なパートナーがいました。それに、若い私立探偵さんたち。きっと彼らは、恭子さんを守ったり、村越夫婦を探したりで、大変だったというでしょうが、実際には、私たち二人の女が、思うとおりに彼らを動かしていたというのが、本当のところです。例えば、橋本豊さんは、とにかく、事前に警察に連絡しておいたほうがいいと主張したので、神木恭子さんが、冗談じゃない。警察なんかに知らせたら抑えられて、何もできなくなってしまう。私は、別に村越夫婦を殺すつもりはない。とにかく、恨みつらみを村越夫婦にぶつけたいだけ。謝らせたいの、そのあとなら、警察に知らせても構わないといって、警察に連絡することはやめさせました。

村越夫婦を殺さないというのは嘘で、私は最初から最後まで、殺すつもりでしたけど。

トカレフの件でも、私たちは、橋本豊さんを騙したんです。村越夫婦が、どんな武器を持っているか分からないから、トカレフを持ちたいといったら、携帯をどこかにかけて用意してくれました。そのあと、やはり、拳銃なんか持つのはやめたほうがいいというので、恭子さんが、あっさり諦めた振りをして見せたんです。川に捨てました、といって。

そして、大井川鐵道の大和田駅で、村越夫婦と対決しました。あの時、私が、いきなりトカレフで村越洋介を射ち殺したので、大騒ぎになりました。橋本さんなんかは、なぜ、私がトカレフを持っているのかと呆然（ぼうぜん）としていました。ごめんなさいね。あなた方を騙して。

以上、すべて、真実です。

10

まず、橋本豊たち四人の若い私立探偵が、釈放された。

「どうして、私たちが、釈放されるんですか？」

橋本が、不思議そうな顔で十津川を見た。

「三上刑事部長の指示だよ。部長は気まぐれだから、さっさと逃げ出したほうがいい」

「女性二人は、どうなったんですか?」

「井口美奈は殺人容疑、神木恭子は殺人幇助で、起訴される」

「私たちは、あの二人を助けたんです。いわば、殺人の幇助をやったんですよ。それでも無罪放免ですか?」

「二人の女は、上申書を提出したが、そのなかで、君たちのことを、適当に利用したが、最後の頃は、邪魔だったと、書いているんだよ。君たちは、彼女たちを助けたと思っているようだが、向こうさんは、君たちが、足手まといだといってるんだ」

「わざと、そういってるんじゃありませんか? 私たちが罪に問われないためにです」

「うるさい男だな。神木恭子は、君たちに支払った金は、返さなくていいといってるんだ。これ以上、四の五のいうと、問題の金を、証拠品として没収してしまうぞ!」

十津川は、怒鳴った。

11

十津川は、二人の女に会い、それぞれの容疑で起訴することを告げたあとで、特に、井口美奈に聞いた。

「村越夫婦のうち、特に、あなたが恨みのあるのは、村越幸恵のほうじゃないんですか？　それなのに、彼女は射たず、夫の村越洋介を射殺した。これは、どうしてなんですか？」

「そんなの当たり前じゃありませんか。私は、夫になるべき人を殺されて、ずっと、辛い時間を送ってきたんです。村越幸恵にも、同じ思いをさせてやりたいんですよ」

最後に、十津川は、二人に知らせた。

「橋本豊たち四人の私立探偵は、本日、無罪放免されましたよ」

12

「警部が、何か企んだんじゃありませんか？」

「何のことだ？　カメさん」

「橋本豊たちが、突然、釈放されたことですよ。改めてよく考えてみると、連中は、今回の殺人事件に絡んでいます。それが釈放されるなんて、警部が何かやったとしか思えませんから」

「まあ、いいじゃないか。橋本たちは、容疑不足で釈放されたんだ。それより、一つの事件が解決したんだから、一緒に、左富士でも見に行こうじゃないか。奥さん孝行に」

解説

山前　譲

大学四年生の日下は「青春18きっぷ」を使って、東京駅から東海道本線の普通列車に乗った。熱海駅で乗り換えてさらに西へと向ったが、吉原駅で列車が停(と)まってしまう。次の富士駅で人身事故があったらしい。

すぐ運転再開とはならないだろうと判断した日下は、その駅で降り、駅前の喫茶店に入る。店内には歌川広重の版画が飾ってあった。それに「左富士」という字があったが、なんでも東海道を江戸から京へ向かうと吉原宿あたりで、それまで右に見えていた富士山が左に見えるところがあるらしい。

その時、「岳南鉄道に、乗りたいんですけど」という若い女性の声が聞こえた。マスターによれば近くを走っている鉄道だという。興味をもった日下は、その路線に吉原本町(ちょう)駅から乗った。そこで出会ったのがカメラをもった小柴という青年である。彼は岳南鉄道を撮ったあと、大井川鐵道へ向うという。

運転を再開した東海道本線に乗った日下は、急にウナギが食べたくなって浜松で下車し、浜名湖近くの民宿に泊まった。こんなふうに気ままな旅のできるのが「青春18きっぷ」のいいところである。ところが夜の九時のニュースをテレビで見て驚く。あの鉄道ファンの小柴が大井川鐵道の大和田駅で転落死したというのだ。

翌日の新聞によれば、彼はSL列車の撮影に夢中になっていたらしい。新聞には静岡県内で一日に二件の人身事故が起こったとあった。もう一方の富士駅での人身事故で死んだのは東京の鉄道ファンで、何者かに突き落とされた可能性があるという。そして日下は九州まで足を延ばし、旅を終えて東京の自宅マンションに帰ったが、管理人によれば興信所の人が彼のことを調べていたという……。

これまでミステリーではさまざまな探偵が活躍してきた。探偵を職業としている人物、あるいは探偵役を務めることを生きがいとしているとしか思えない人物は多いけれど、自身の専門分野があって、それに関わる事件の謎解きを特徴としているシリーズも少なくない。歌舞伎役者、グルメな刑事、奇術師、浮世絵の研究家、占星術師、建築研究家、物理学者、民俗学者、法医昆虫学者……。謎解きに付随するその専門的な知識にも興味をそそられてきた。

警視庁捜査一課の十津川警部は、大学時代にヨット部に所属していた。そして作中で時折、クルーザーでの船旅への憧れを漏らしている。だから、『赤い帆船(クルーザー)』、『消えたタンカー』、『消えた乗組員(クルー)』、『発信人は死者』、『炎の墓標』、『日本のエーゲ海、日本の死』など、海にかかわる事件があって当然なのだ。『仙石線殺人事件』は津波のため金華山沖に沈んだ洋上ホテルが謎めいていた。

一方、『寝台特急殺人事件』以降は、鉄道絡みの事件を捜査する姿が目立っていく。鉄道ダイヤを利用してのアリバイ工作だったり、列車内や駅でのサスペンスフルな事件のなかには、ちょっとマニアックな鉄道の知識を織り込んだものもある。では十津川は鉄道ファンなのか？　しかし鉄道への興味は、どうやら捜査の必要に応じてらしい。短編の「君は機関車を見たか」で鉄道マニアではないと断言していたからだ。

もちろん捜査行の流れで列車に乗車する機会はよくあったから、鉄道旅の好きな読者は羨ましく思ったに違いない。そして私的な旅行で鉄道を利用することもたびたびあった。

北海道での妻の直子との新婚旅行中に事件に遭遇している『夜間飛行殺人事件』では、タイトルにあるように空路を利用していたが、やはり直子と一緒に北海道を訪れた『豪華特急トワイライト殺人事件』では、帰路、大阪へ向う寝台特急の「トワイライトエクスプレス」に札幌から乗車している。今は走っていないが、なかなかチケットがとれない豪華な列車だった。ただし事件も一緒に乗車していたのだけれど――。

当然ながら十津川班の面々も鉄道に関係する事件の捜査に携わっている。プライベートで鉄道によく乗車していたのは亀井刑事だ。ただし亀井もとりたてて鉄道ファンというわけではない。長男の健一が鉄道ファンなのだ。忙しい捜査一課の刑事のたまの休日に、息子にせがまれて鉄道旅に出かける亀井である。

「青に染まった死体」や「二階座席の女」といった短編や、長編の『特急おおぞら（ハイデッカー・エクスプレス）殺人事件』などがあるが、北海道を舞台にしたその長編ではなんと健一が誘拐されていた。『十津川警部　九州観光列車の罠（わな）』では話題の観光列車「或（あ）る列車」に乗ったふたりだが、またもや誘拐されてしまう健一である。

他の十津川班のメンバーでは西本が鉄道好きのようだ。旅行が趣味だが、高所恐怖症なので鉄道を利用することが多いという。子供の頃は先頭車輛（しゃりょう）で前方の景色を見ることが好きだったそうだ。

その他の十津川班のメンバーも鉄道旅の場面は珍しくないが、日下がすっかり忘れていた大学時代の旅を思い出すのは五年後である。突然、吉原新報というローカル紙が自宅マンションに届けられた。差出人の名はない。その新聞に「喫茶店のオーナーがスポーツカーにはねられて死亡」という見出しがあった。吉原駅の近くにある喫茶店「赤富士」のオーナーの神木倫太郎が、ひき逃げされたというのである。あの喫茶店のマスターが？　もちろんそれは静岡県警の事件だ。なぜ、そして誰が日下に新聞を送ってきたのか？

一週間後、世田谷区の駒沢公園の一角で、男の刺殺体が発見された。三原肇、四十歳。

音楽事務所の社長だ。十津川班が捜査を担当することになった。十津川と亀井が自宅マンションを調べると、寝室の壁に歌川広重の吉原宿の版画がかけられていた。

捜査会議でそのことが報告されると、驚いたのは日下である。五年前の旅での出来事や、突然送られてきた吉原新報のことを十津川警部に話すのだった。そして三上刑事部長がその広重の版画に興味を示した。さらに三原が最近、スポーツカーからハイブリッドカーに買い換えたことが分かる。十津川は日下と西本に吉原へ行くよう命じるのだった。

ふたりは吉原駅に近いあの喫茶店「赤富士」を訪ね、神木倫太郎の妻の恭子から話を聞く。そして日下は、五年前に静岡県下の鉄道で起こった二件の人身事故を再検討していく。そうした日下を中心とした十津川班の捜査は、行き先の分からないミステリー列車に乗っているようなものだ。錯綜(さくそう)する人間関係と人間心理の綾(あや)が十津川たちを苦しめる。事件解決の本線はいったいどこにあるのか。最後の謎解きの場はやはり静岡県の鉄路だった。

日本国有鉄道、いわゆる国鉄の路線から蒸気機関車（ＳＬ）による定期旅客列車が消えてしまったのは一九七五年十二月だが、翌年七月、大井川鐵道大井川本線でＳＬ急行「かわね路(じ)号」が走りはじめる。それ以来ＳＬが走りつづける大井川鐵道が、鉄道ファンの興味をそそってきた。だから鉄道写真好きの小柴が訪れるのも納得だ。

健一少年がその大井川鐵道に乗りたがったのも当然だろう。短編の「展望車殺人事件」では走行中のSL展望車から若い女性が消えているが、同じ列車に父とともに健一は乗っていた。ほかの十津川警部シリーズにも大井川鐵道は登場している。短編の「十津川警部C11を追う」では、十津川の高校時代の同級生が乗っていたSLが爆破され、鉄橋から転落するという大事件が起こっている。長編の『十津川警部「記憶」』は捜査の進展によって十津川警部が大井川鐵道を訪れていた。

本書『十津川警部　あの日、東海道で』は二〇一〇年一月、実業之日本社よりジョイ・ノベルスの一冊として刊行された。

ストーリーのイントロダクションとなっている「青春18きっぷ」は、国鉄時代の一九八二年に「青春18のびのびきっぷ」の名称で発売されたのがルーツである。翌年に「青春18きっぷ」と改称されたが、春・夏・冬と学生の休みの時期を狙っての企画だった。原則として新幹線や特急・急行を除く普通列車や快速列車のみの利用である。

この特別企画乗車券は国鉄が民営化されても受け継がれた。一枚で利用期間中の任意の日に五回まで利用できるが、もちろん学生に限定したものではない。うまく乗り継げば、かなりハードだが、北端から南端まで日本の鉄路を満喫できる。近年は夜行列車がなくなっていささか不便になったとはいえ人気の乗車券だ。

その「青春18きっぷ」の旅が、刑事になってから事件にかかわってくるとは！　日下が戸惑うのも無理はない。そして十津川班が総動員と言ってもいい緊迫のラストを迎えるのも、彼にとっては驚きの事態だったろう。江戸時代の東海道を描いた版画と現代の不可解な事件がリンクして謎解きに誘っていくのが、この『十津川警部　あの日、東海道で』である。

（やままえ・ゆずる　推理小説研究家）

本書は、二〇一二年二月、実業之日本社文庫として刊行されました。
単行本　二〇一〇年一月、ジョイ・ノベルス

＊この作品はフィクションであり、実在の個人・団体・事件などとは、一切関係ありません。

西村京太郎の本

私を愛して下さい

岩手県訪問後に殺害された旅行作家の菊地。彼が宮古で特攻兵の妻となった女の墓碑を見たという情報を得た十津川警部は、真相を求めて鹿児島へと向かう。旅情ミステリー！

伊豆急「リゾート21」の証人

資産家の女性が殺害され、夫が逮捕された。だが夫には犯行時刻に伊豆急「リゾート21」乗車のアリバイが。十津川警部が鉄壁のトリック崩しに挑む！　傑作旅情ミステリー。

集英社文庫

集英社文庫

十津川警部 あの日、東海道で

2023年12月25日 第1刷 定価はカバーに表示してあります。

著 者 西村京太郎

発行者 樋口尚也

発行所 株式会社 集英社
東京都千代田区一ツ橋2-5-10 〒101-8050
電話 【編集部】03-3230-6095
【読者係】03-3230-6080
【販売部】03-3230-6393(書店専用)

印 刷 大日本印刷株式会社

製 本 ナショナル製本協同組合

フォーマットデザイン アリヤマデザインストア マークデザイン 居山浩二

ISBN978-4-08-744599-2 C0193